거기서
죽어도
좋았다

오롯이 나;를 느끼게 해주는 그곳!

거기서 죽어도 좋았다

조
양
곤
지
음

SNOWFOX

prologue

내 인생 여정의 출발점은 호기심이다

지적 욕구가 강한 사람일수록 책을 통해 꿈을 키우고, 때가 되었을 때 스스로 깨쳐 일어나 세상을 향해 나아간다. 매일매일 새로운 세상과 마주하면서 많은 것을 배우고 느끼며, 또다시 길을 나선다.

세계여행을 하면서 자동차 여행이 내 체질이라고 느끼곤 했다. 운전을 좋아하는 나에게 새로운 세상으로의 드라이빙은 휴식이며, 자동차와 하나 되어 함께 호흡할 때 자유를 느낄 수 있었다. 걷는 것도 좋아해서 트레킹 역시 휴식과 다름없었다. 호수 길이나 산책로를 거닐며 나무와 풀과 야생화를 바라보면 더없이 행복했다.

이런 내 마음을 담아 여행에 관한 책을 쓰기로 마음먹었다. 함께 여행하면서 여행 방법을 알려주고 싶지만 여행 스타일은 각기 다르니, 그저 마음을 담아 도란도란 이야기를 나누는 것이 좋으리라 생각됐다. 가슴이 시키는 대로, 호기심이 이끄는 대로 세상을 두루 돌아본 이 이야기가 누군가에게 한 줄기 바람이 되기를, '또 다른 나'를 만나는 작은 여행이 되기를 바라본다.

여행이란 많은 것을 느끼게 해주는 보이지 않는 길과 같다. 내가 이룬 것이 무엇이든 내 노력의 결과라고 자만했었지만 지금의 '나'는 가족과 친구, 그리고 내가 알지 못하는 누군가까지, 모두의 도움이 닿아 있는 존재임을 느끼게 해줬다. 무엇보다 부모님의 은공은 헤아릴 수 없는 찬란한 유산이라는 점을 주름 한가득 늘어난 나이에 더없이 깊이 깨닫는다.

어린 시절 갖고 놀던 여행책들 역시 아버님의 생활 유산이다. 아무 데서나 잘 자고, 무엇이든 맛있게 먹는 것 또한 부모님께 물려받은 성격 덕이다.

장기간 여행에도 아낌없이 도와준 아내와 두 아들에게 고마움을 전한다. 아내가 은퇴하면 그때는 내가 가본 곳 중에 가장 멋있는 곳만 골라서 여행을 시켜주고 싶다. 형님들과 동생, 항상 보살펴주신 숙부님과 일

가친척들에게도 감사의 마음이 떠오른다.

그동안 여행하며 동고동락했던 동행들과 나를 아는 모든 사람에게 고마움을 전한다.

오래전에 작고하신 어머니와 얼마 전 세상을 떠난 장인어른께도 감사의 마음을 올린다.

이 책을 출간하는 데 큰 힘이 되어준 스노우폭스북스 편집부에 감사의 마음을 전하며….

조양곤

contents

2장 사랑

3장 　자유

4장 행복

1장

버킷리스트 여행

눈처럼
게으른 것이 없다

자연보다 더 위대한 조각가가 있을까?

피오르를 향해 혀처럼 길게 뻗은 바위, 절벽 사이에 긴 동그란 바위, 그 경이로운 조형물에 올라서서 사진을 찍는 사람들. 거대한 빙하가 할퀴고 지나간 곳, 끝없이 이어진 길고 긴 피오르는 숨이 멎을 만큼 웅장하고 깊었다.

피오르에 관심을 갖게 된 건 학창시절에 본 노르웨이 트레킹 사진에서다. 빙하가 새기고 간 협곡의 모습은 마치 신의 손에서 탄생한 하나의 조각품을 연상케 했고 이 세상에 존재하는 곳인지 의심이 들 만큼 경이로웠다.

신들의 신비로운 이야기가 펼쳐질 것 같은 사진을 하염없이 바라보며 난, 다짐했다. 언젠가 내 눈으로 꼭 확인하리라. 그렇게 나도 모르는 사이에 나의 첫 번째 버킷리스트가 탄생했다.

노르웨이는 대자연을 품은 곳이다.

웅숭깊은 협곡과 그 사이로 태고의 빙하가 바다로 흘러들며 만들어내는 대자연의 파노라마는 신이 내린 노르웨이의 축복이자 그 자연을 바라보는 우리에게도 축복 같은 선물이다.

세상에 존재할 리 없을 것 같은, 그래서 오랫동안 상상 속에서만 그려왔던 대자연을 마주하기 위해, 난 사진 속 트레킹 현장 안으로 천천히 걸어 들어갔다. 가파른 오르막을 걸어 올라야만 웅장한 피오르의 경관을 볼 수 있는 영광이 주어진다.

뤼세피오르의 장관을 내려다볼 수 있는 프레케스톨렌,

거대한 둥근 바위가 절벽과 절벽 사이에 끼어 있는 쉐락볼튼,

그리고 가장 아찔한 절경을 자랑하는 트롤퉁가.

노르웨이의 남부 전역에 펼쳐져 있는 세계적인 트레킹 코스지만, 걷는 길 대부분이 돌로 되어 있어 짧은 거리만 걸어도 꽤 많은 피로감을 준다.

그러나 여행자를 맞이하는 다양한 모습의 돌은 기꺼이 그 수고로움을 감내할 만큼의 즐거움을 내준다.

깎아지른 듯한 바위 절벽, 프레케스톨렌

절벽 사이에 끼어있는 바위, 쉐락볼튼

마침내 도착한 쉐락볼튼. 상상했던 것보다 훨씬 더 큰 두려움이 나를 사로잡았다.

절벽과 절벽 사이에 긴 바위를 바라보는 것만으로도 아찔하다.

안전장치 하나 없이 오로지 자신을 믿어야만 올라설 수 있는 좁은 달걀 바위, 그 아래는 그야말로 천길만길 낭떠러지다.

두려움을 이겨내는 방법은 두려움에 익숙해지는 것이라는데, 처음 맞닥뜨린 절벽 바위의 아찔함에 두려움은 좀처럼 사그라지지 않는다.

'사진을 꼭 찍어야 할까? 그냥 살아서 돌아가는 게 좋지 않을까?'

바위 위에 올라설 생각을 하니 다리가 후들후들 떨려온다.

밀려오는 두려움과 망설임…. 떨어지지 않는 발을 내딛으며 마음을 다잡아도 바위 위에 올라서는 순간 몸이 움추러든다. 하지만 나는 결국 바위 위에 섰고 사진을 남길 수 있었다.

나와의 싸움에서 타협하지 않은 그 순간을 감사하게 생각한다.

'세계 최고의 전망대'로 알려진 트롤퉁가에 올라가려면 마음을 단단히 먹어야 한다.

왕복 열 시간이 걸리는 산행이 쉬울 리 없다.

'죽기보다 더하겠어?'

마음을 단단히 먹었지만 산 아래 주차장(GPS좌표: 60.132707,6.627080)에서 올려다본 트롤퉁가로 오르는 길은 까마득하기만 했다. 기껏 단단히 다진 마음이 무색해질 정도였다.

불현듯 '눈처럼 게으른 것이 없다'는 아버지의 말씀이 떠올랐다. 그 말이 절절히 다가왔다.

해보고 싶은 일이지만 시작하기 어렵거나 험난한 길이 예상되면 눈이 먼저 반응하면서 지레 겁을 먹게 된다. 남들은 다들 편한 길을 가는데, 나 혼자만 험난한 길을 가는 건 아닌지 의심의 눈초리로 둘러본다.

그럴 때면 포기하지 말고 어떻게든 시작해야 하지만 겁쟁이 마음은 늘 머뭇거리게 만든다. 그러나 이제 와 돌아보니 무슨 일이든 일단 시작하고 나면 어떤 방향으로든 결론이 나고 끝이 난다. 그 끝은 또 다른 일로 또 다른 인연으로 우리를 연결하며 이끈다.

혀처럼 뻗은 바위, 트롤퉁가

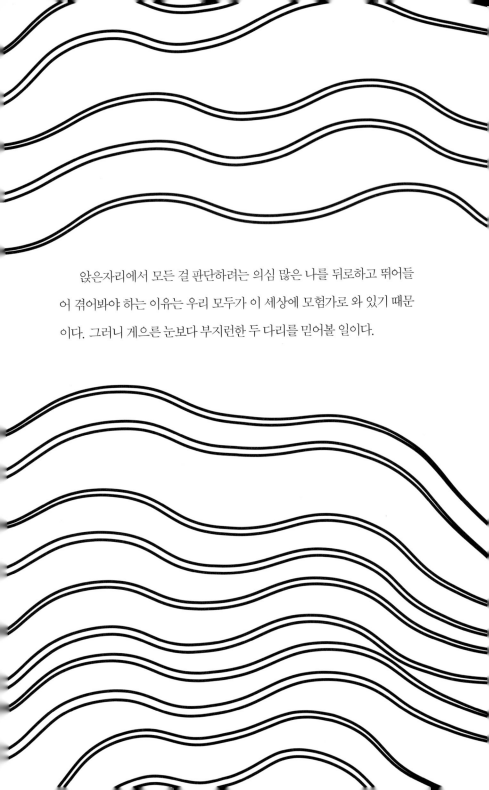

앉은자리에서 모든 걸 판단하려는 의심 많은 나를 뒤로하고 뛰어들어 겪어봐야 하는 이유는 우리 모두가 이 세상에 모험가로 와 있기 때문이다. 그러니 게으른 눈보다 부지런한 두 다리를 믿어볼 일이다.

세상에 못 오를 산은 없고, 시작이 반이라 했으니, 게으른 눈을 버리고 산을 오르기 시작한다.

한 걸음, 한 걸음 걷다가 뒤를 돌아보니 흰 눈을 머리에 이고 있는 산과 구름의 조화로운 풍경이 보인다. 그 풍경이 조금 더 올라가면 더 멋진 자연이 기다리고 있을 거라고 속삭인다.

힘들다는 생각이 들 때마다 더 아름다운 자연이 거짓말처럼 속속 등장하니 앞으로 나아갈 수밖에 없다.

자연에 취해 걷다 보니, 피오르의 절경이 눈에 들어온다.

트롤퉁가는 노르웨이의 전설에 등장하는 거인족 '트롤(troll)'의 혀라
는 뜻인데, 그 이름처럼 혀를 닮은 모양의 거대한 바위가 피오르를 향해
길게 뻗어 있다.

책에서 보았던 곳, 상상 속에 존재했던 세계를 여행하며 살아 있음
을 느낀다.

보이는 것에 지지 않고, 나아가야 할 길에 지레 겁먹지 않고, 끝까지
올랐기에 볼 수 있는 대자연의 장엄한 아름다움이다.

일체유심조(一切唯心造).

결국, 세상 모든 일은 마음먹기에 달렸다.

이탈리아 돌로미티 트레킹

트레킹 예찬

위협적이고 장엄한 기암이 우뚝 솟아 있는 이탈리아 북부의 돌로미티산맥은 트레킹을 즐기는 여행자들의 낙원이다.

특히 돌로미티 서쪽에 위치한 알페 디 시우시(Alpe Di Siusi, GPS좌표: 46.539839, 11.619293)는 6월이면 야생화가 지천으로 피어나 말 그대로 꽃길만 걷게 된다.

이탈리아 돌로미티 트레킹

이정표가 잘 되어 있고 시야가 탁 트인 초원이라, 아무 생각 없이 걸어도 길 잃을 염려가 없는 곳. 고원지대이다 보니 6월인데도 선선한 바람이 불어온다. 걷기에 이만한 곳이 없다 싶을 만큼 온 세상이 평온함으로 물들어 있다. 구름이 조금 끼어서 햇빛을 가려주고 때마침 시원한 바람이 불어주면 더 바랄 나위가 없다.

평탄한 초원을 걷다가 고개를 들면 보이는 돌로미티의 장엄한 형상. '자연이 빚어낸 대성당'으로 비유되기도 하는 돌로미티를 보며 찰나의 쉼을 느낀다.

어제 같은 오늘, 오늘 같은 내일은 '멈춘 인생'이다.

나는 움직이는 것이 좋다. 가만히 앉아서 맞이하는 별다를 것 없는 편안한 하루는 때론 영혼에 휴식을 주지만, 처음 가보는 길을 걸을 때 느껴지는 두근거림은 내가 살아 있는 존재임을 실감케 한다. 오직 '나'를 느끼게 해주는 시간이 되어준다.

익숙한 길, 잘 아는 길, 그래서 두려울 것 없는 길을 가라고 등을 떠미는 사회에 익숙해진 우리에게 자연은 많은 것을 일깨워준다. 이 자연 앞에서 새삼 앞으로 남은 인생 지도를 그려본다.

길을 잃을 염려도 없고, 더한 신경을 쓰지 않아도 되는 아는 길도 좋지만, 가끔은 한 번도 가보지 않은 길을 가보길.

길은 길로 통하니 걱정은 잠시 접어두자.

막힌 길이라면 되돌아 나오면 그뿐.

다시 걷기 시작한다.
시선은 정면을 보면서 턱은 당기고,
가슴을 앞으로 내밀면서 엉덩이는 위로,
배에 힘을 주고 발뒤꿈치가 땅에 먼저 닿게,
그렇게 걷고 있을 때, 살아 있음을 느낀다.

이탈리아 돌로미티 트레킹

마침내 마주한 백야

세상 모든 사람들이 천동설을 진리라고 믿었던 때가 있다.

코페르니쿠스의 지동설이 사실로 증명되었을 때, 사람들의 당혹감
은 어떠했을까?

지구가 평평하다고 믿었던 시절이 있다.

마젤란이 지구가 둥글다는 사실을 증명했을 때는 또 어떠했을까?

백조(White Swan)만 존재한다고 여기고 있다가 호주에서 흑조(Black
Swan)가 발견되었을 때 유럽 사람들의 놀라움은 어떠했을까?

진리라고 믿었던 것이 부정당할 때, 우리는 극심한 혼란에 빠진다.

백야를 마주한 그때, 내가 그랬다.

노르웨이 노르카프 백야

백야를 마주하러 가는 길은 험난했다.

노르웨이의 노르카프(Nordkapp, GPS좌표: 71.170981, 25.783740)는 인간이 차로 갈 수 있는 지구 최북단 땅끝이다.

노르웨이 오슬로를 출발하여 북쪽으로 2,000킬로미터를 달리는 대장정을 거쳐야 마침내 육지 끝에 이를 수 있다. 그곳으로 가는 길에는 숙소도 거의 없다. 그렇기에 선택의 여지가 없다시피 하고, 가격도 따질 수가 없다.

여름철에는 해가 지지 않는 백야(White Night, Midnight Sun)지만, 겨울철에는 해가 뜨지 않는 극야(Polar Night)이다. 이곳에서 얼어 죽지 않을 만한 잠자리를 구할 수 있다는 사실만으로도 감사할 따름이다. 숙소가 있다면, 묻지도 따지지도 말고 예약을 해야 한다.

노르웨이 노르카프 백야

노르카프에서 가장 아름다운 일몰을 볼 수 있다는 노르카프 곶의 철제 지구본 아래서 일몰을 기다린다.

자정이 다 된 지금까지 해는 여전히 하늘 위에 떠 있다. 그때, 주변 사람들의 카메라 셔터 소리가 빨라진다. 해가 북극해로 빠져들려고 하는 순간이다.

하지만 해는 지지 않고 몇 시간이고 그 자리를 지킨다.

그렇게 바다 위에 떠 있더니 어느덧 그 자리에서 다시 떠오르기 시작한다.

세상에나! 서쪽으로 해가 지고 동쪽에서 다시 해가 뜨는 당연한 진리가 뒤집히는 순간이다. 해는 정말 지지 않았고, 서쪽이 자연스레 동쪽으로 바뀌었다.

지금까지 불변의 진리라고 믿었던 것이 산산이 부서졌다.

'도대체 무엇이 진리인가?

내가 알고 있는 지식, 상식, 경험이 무슨 소용 있는가?'

한동안 혼란스러웠던 마음을 가라앉히고 다시 떠오른 해를 응시한다. 이제는 무언가를 안다고 주장할 때는 조심해야 한다는 사실을 깨닫는다. 내가 아는 게 전부가 아닐 수 있음을, 내가 아는 세상 너머에 다른 세상이 있을 수도 있음을 배운다.

100퍼센트라 믿었던 것에도 예외가 있을 수 있음을, 확고부동한 진리 외에 또 다른 진리가 존재할 수도 있음을.

남의 의견에 귀 기울이지 않고 나도 모르게 내가 아는 것만을 마치 진리인 양 여길 때가 있다.

자신이 알고 있는 것을 한 번에 뒤집기란 결코 쉽지 않다. 진리라고 믿었던 것이라면 더욱 그렇다. 받아들임은 틀 안에 갇혀 있던 나를 깨고 나와야 비로소 가능하다.

서쪽이 다시 동쪽이 될 수 있음을 기억하고, 새로운 가능성에 열린 태도로 임하고 융통성 있게 생각해야 한다. 항상 모든 것에 겸손해야 한다고 다짐하는 순간이다.

노르웨이 노르카프 백야

4

꿈을 싣고 달리는
시베리아 횡단열차

시베리아 횡단열차(Trans-Siberian Railway, TSR)는 모스크바에서 시작해 시베리아를 가로질러 극동의 블라디보스토크까지 이어지는, 총 길이 9,288킬로미터에 달하는 세계에서 가장 긴 철도다.

90여 개의 도시를 거치는 동안 시간대만 일곱 번이 바뀌고, 지나는 역만 60여 개다.

만주벌판을 휘달리고 싶다는 강렬한 포부를 안고 시베리아 횡단열차에 탑승한다.

시베리아 횡단열차

시베리아 횡단열차 전 구간을 타본 사람은 두 부류로 나뉜다.

'낭만적'이라고 평가하는 사람
그리고 '다시는 타고 싶지 않다'는 사람.

열차에 탑승하면 여행에 대한 기대감과 몸의 불편함이 동시에 느껴진다. 툭 터진 공간에 놓인 간이침대에서 이불 하나만 덮고 잠을 청해야 한다. 제대로 움직일 수도 없는 간이침대는 이제부터 본격적인 고생길이 시작되었음을 전해주는 알람과도 같다.

기차역 도착 5~20분 전후로 화장실 사용이 금지되고 기차가 정차하면 차장이 아예 화장실 문을 잠가버린다. 씻는 데도 애로가 많다. 고양이 세수는 할 수 있지만, 머리를 감을 수도 없고 샤워는 거의 불가능하다.

그럼에도 나는 시베리아 횡단열차를 낭만적이라고 평가하는 쪽이다.

낮이고 밤이고 쉼 없이 달리는 철마는 시베리아의 광활한 평원을 보여준다. 침엽수 가득한 타이가 지대와 자작나무가 끝없이 펼쳐진 광야를 바라보고 있자면 차분하게 생각이 정리된다.

아는 사람도 없고 말도 통하지 않으니 오롯이 혼자만의 시간을 가질 수 있다.

　　고생한 일일수록 오래도록 기억에 남는 법이다. 그리고 그 고생 위에 좋은 감정이 씌워지면 어떨까. 그 무엇보다도 오랫동안 기억에 남게 된다. 내게 시베리아 횡단열차가 그렇다. 몸의 고단함에 낭만이 덧입혀져 그 기억은 여행을 마치고 오랜 시간이 지난 지금까지도 내게 좋은 추억으로 남아 있다.

이르쿠츠크역에서 내려 샤머니즘의 고향이라 일컬어지는 신비의 땅으로 향한다.

초원이 길게 이어진 도로를 네 시간가량 달리자 어렴풋이 호수가 시야에 들어온다. 드디어 바이칼호를 마주한다. 바다처럼 깊고 짙푸른 호수의 그림 같은 풍경이 나의 시선을 빼앗는다.

'시베리아의 진주'라 불리는 호수를 마주했다는 그 기쁨도 잠시, 다시 바지선을 타고 바이칼호의 스물두 개 섬 가운데 가장 큰 섬인 올혼섬에 내린다. 부두에서 소형버스를 타고 거친 비포장 길을 약 한 시간 정도 달리면 숙소가 있는 후지르마을에 도착한다.

부르한 바위

조금은 쓸쓸한 듯, 외로워 보이는 마을 길목에 차가운 바람이 더해진다. 길에는 늦가을의 서늘함이 내려앉아 있다. 어느덧 해는 서산에 기울고 땅거미가 진다. 구글 지도에 의존해 부르한 바위를 찾아 걷는다.

두려움도 없이 편안한 마음이다.

정상 부근에 다다르자 바람이 세차게 불어오더니, 어디선가 가녀린 소리가 들려온다.

그 소리를 따라 걷는다. 갈수록 소리가 커지면서 덜컥 겁이 난다.

뭔가에 부딪치는 소리는 이제 정신을 차릴 수 없을 정도로 사방에서 들려온다. 마치 수많은 적에 둘러싸인 듯한 공포가 엄습한다.

그런데 어느 순간, 공포의 자리를 친근감이 대신하기 시작한다. 무서움은 사르르 녹아내리고 그 자리에 알 수 없는 푸근함이 차오른다.

감았던 눈을 뜬 것처럼 내가 만나고 싶었던 바이칼호수가 눈앞에 펼쳐진다.

어디가 하늘이고 어디가 물인지 가늠할 수 없는 끝없는 호수, 그리고 그 호수를 바라보고 서 있는 열세 개의 나무 기둥, 세르게(신목)가 있다.

열세 개의 나무 기둥, 세르게

나무 기둥을 칭칭 감고 있는 다양한 원색의 끈이 강력한 바람에 이리저리 휘날리면서 기둥에 부딪치는 소리.

옛날 옛적 사람들은 형형색색의 끈을 기둥에 감으며 소원을 빌었으리라. 바람에 소원이 실려 하늘에 닿기를 바라면서….

세찬 바람에 호수가 몸을 뒤척인다.

나의 소원도 세찬 바람 따라 하늘에 닿았기를.

마추픽주

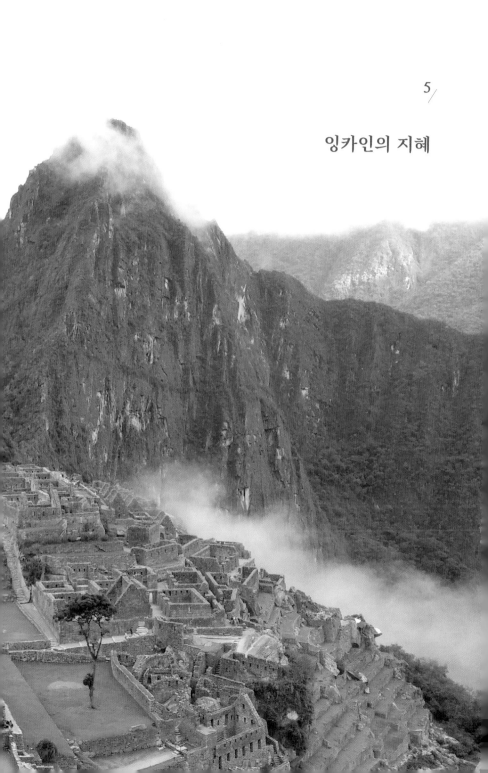

5

잉카인의 지혜

페루 잉카문명을 생각하면 제일 먼저 마추픽추가 떠오른다.

무수한 화강암 석축과 건축물, 3,000개의 계단으로 이루어졌다는 공중도시 앞에서 지구 반 바퀴를 돌아온 피로는 눈 녹듯 사라진다.

불가사의한 일을 그들은 해냈고 또 하나의 문명을 만들었다.

그러나 잉카문명에 대한 나의 깊은 호기심은 이제는 사라진 그들이 아니라 잉카제국의 발전 원동력이었던 모라이(Moray, GPS좌표: -13.329796,-72.197167)에 있다.

원형경기장 모양을 한 모라이는 해발 3,500미터에 위치한 계단식 밭이자 잉카인들의 거대한 농업 연구소다.

야트막한 산이 주변을 둘러싸고 있고, 원형과 타원형의 테라스가 깊은 구덩이처럼 계단식으로 땅을 파고든다.

가장 높은 곳에서 가장 낮은 원형 바닥까지는 69미터에 달한다.

이집트 기자의 대피라미드 높이가 146미터이니 약 절반의 깊이다.

멕시코 치첸이트사 피라미드 높이와 비교하면 약 두 배에 달한다.

무엇보다 모라이가 더욱 대단하게 느껴진 건 깊이에 따른 온도 차를 생각해냈다는 것이다.

산으로 둘러싸여 있는 깊은 땅속. 바람의 영향을 거의 받지 않아 가장 높은 곳과 가장 낮은 곳의 온도 차가 약 15도가 된다고 한다.

섭씨 30도면 에어컨을 켜서 냉방을 하고 싶은 온도고, 섭씨 15도면 으슬으슬해지면서 히터를 켜 난방을 하고 싶은 온도다. 15도는 실로 엄청난 차이인데, 그 둘이 높낮이를 달리해 같은 공간에 있는 셈이다.

여름과 가을이 동시에 존재하는 환경을 만들어 식용작물을 실험재배한 것이다.

　가장 낮은 곳에서는 옥수수 등 기온이 높은 곳에서 자라는 농작물
을, 가장 높은 곳에서는 추운 환경에서도 잘 자라는 감자 등을 재배했다
고 한다. 실험에 성공하면 비슷한 기후조건의 잉카지역에 작물을 보급
해 재배하게 한다.

　잉카문명의 위대함을 다시금 느끼는 순간, 감동이 마음속에 진하게
일어난다.

모라이

　거대한 피라미드와 마추픽추는 세계 불가사의이자 세계 문화유산
이다. 이러한 위대한 건축물은 하늘을 향해 올라간다.
　왕을 위한 것이고, 신에 대한 사랑이다.

　그러나 모라이는 땅을 깊이 파고 내려간다.
　국민을 위한 것이고, 인간에 대한 사랑이다.

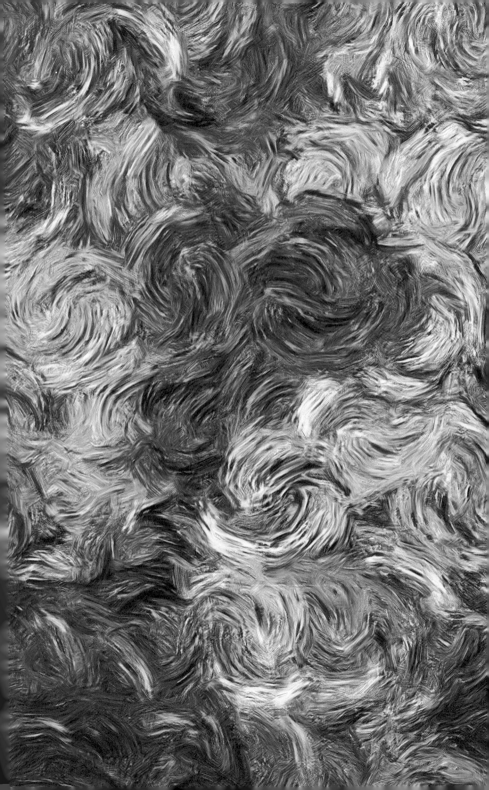

6

아를의
별이 빛나는 밤

누군가를 사랑한다는 것은 마음을 빼앗겼다는 표현의 다른 말이다.

빈센트 반 고흐에게 마음을 빼앗긴 것은 우연한 시선 때문이었다.

회사에 다니던 시절, 여의도를 출발해 한강 강변길을 따라 미사리까지 밤새 걷는 새해맞이 행사에 참가한 적이 있다.

하늘에는 별이 희미하게 떠 있고, 한강 건너편의 가로등 불빛이 강물 위에 반사되어 내 눈에 들어왔다. 나도 모르게 핸드폰을 꺼내 그 밤의 한강 풍경을 찍었다.

놀랍게도 고흐가 그린 〈아를의 별이 빛나는 밤〉과 구도와 색상이 거의 비슷했다.

　　불빛이 한군데로 모이는 게 아니라 화폭의 하단을 향해 수직으로 그려진 그 모양 그대로였다.

　　우연한 시선으로 인해 시작된 반 고흐에 대한 사랑, 이제 그의 모든 것을 알기 위해 떠난다. 요람에서 무덤까지, 그의 삶의 궤적을 따라 말이다.

네덜란드 누에넨(고흐의 작품과 그림의 모델이 된 교회지기의 집)

네덜란드 누에넨(감자를 먹는 사람들 동상)

고흐는 네덜란드 누에넌에서 성장기를 보냈고, 〈감자를 먹는 사람들〉의 배경이 된 벨기에 보리나주에서는 전도사로 일했다.

프랑스 파리의 몽마르트르에서는 인상파 화가의 영향을 받아 그림을 그렸으며, 아를에서 고갱과 함께 화가 공동체의 꿈을 키워갔다.

프랑스 생레미에서는 화가로서의 일대 전환기를 맞이했지만 정신병으로 병원에 입원해야 했고, 1890년 7월 29일 프랑스 오베르 쉬르 우아즈에서 자살로 생을 마감했다.

고흐의 발자취를 따라가다 보면 소리 없이 고흐를 지켜준 사람들을 만나게 된다.

화가로서 인정받지 못할 때 그를 유일하게 믿어준 사람.

자신의 귀를 자른 사건을 수습하고, 정신병원 퇴원 후에 오베르 쉬르 우아즈에서 그림을 계속 그릴 수 있게 해준 사람.

생의 고통스러운 시기와 마지막 순간을 지켜준 사람.

바로 테오다.

고흐의 동생 테오.

테오는 죽어서도 형 고흐의 곁을 지키며 누워 있다.

프랑스 오베르 쉬르 우아즈(고흐와 동생 테오의 묘)

살아서는 고통스러웠을지라도 죽는 순간까지 사랑하는 동생과 함께했고, 죽어서는 세상에서 가장 유명한 화가가 되었으니 고흐, 그대의 삶은 별처럼 찬란하지 않은가?

사랑하는 동생과 편히 쉬길….

7

고갱을 위한 변명

세상에서 가장 억울한 화가는 고갱이 아닐까?

프랑스 서부 퐁타벤에서 그림을 그리던 고갱은 고흐의 초대로 아를에 가게 된다.

그림을 보이는 대로 그리는 고흐와 상상해서 그리는 고갱.

이런저런 말이 많긴 하지만, 지금까지는 화풍 차이로 고갱과 다툰 이후에 고흐가 자신의 귀를 자르는 경악스러운 일을 저질렀다고 알려져 있다. 그리고 그런 고흐를 돌보지 않고 떠났다며 사람들은 고갱을 나쁜 사람이라고 말한다.

그런데 정말 고갱이 나쁜 사람일까?

프랑스 퐁타벤 고갱 마을

호기심이란 참으로 요상해서 한번 생기면 사람의 마음을 잡아끌어 생각을 계속 넓혀가게 한다.

'나쁜 사람' 고갱에 대한 호기심은 고갱의 애정이 어린 프랑스 서부의 퐁타벤(Pont-Aven, GPS좌표: 47.85556,-3.74806)으로 나를 이끌었다. 고갱이 나처럼 증권맨이었다는 사실이 호기심을 더욱 자극했는지도 모른다.

퐁타벤은 고갱과 몇몇 화가가 화가 공동체를 형성했던 마을이어서인지 아직도 화방이 많이 남아 있어 마치 '고갱의 마을'처럼 느껴진다.

프랑스 아를이 고흐의 도시라면, 퐁타벤은 고갱을 비롯한 많은 젊은 화가가 공동체를 이뤘던 화가들의 마을이다.

지금도 남아 있는 수많은 화방으로 당시 고갱이 꿈꿨던 화가 공동체가 성공했음을 짐작할 수 있다.

프랑스 퐁타벤(고갱 마을에서 마주친 화방들)

퐁타벤을 둘러보며 다시 고갱을 떠올리자니 억울한 것이 한두 개가 아니었을 것 같다.

당시 인상파 화가들은 안정적으로 작품 활동을 이어가기 위해 함께 그림을 그리고 공동으로 판매하는 화가 공동체를 만들고자 했다. 고흐역시 화가 공동체를 만들기 위해 고갱을 아를로 초대했다.

그러나 사람들은 고갱이 이 공동체에 자발적이고 순수하게 참여한것이 아니라, 고흐의 동생 테오의 돈을 받고 왔다고 폄하한다.

서머싯 몸은 소설 《달과 6펜스》에서 고갱을 아내와 다섯 명의 자녀를 버린 몰인정하고 파렴치한 사람으로 묘사했다. 아이러니하게 이 소설 덕분에 고갱은 더욱 유명해졌지만.

고갱이 살던 시대와 지금 내가 사는 이 시대는 지독하리 만큼 닮아있다. 사람을 만나기 전, 누군가에게 듣게 된 그 사람 이야기는 선입견이되기 쉽고, 한번 생겨버린 선입견은 그 사람을 평가하는 데 지대한 영향을 미친다. 유명인의 경우에는 더욱 그러하다. 대중에게 고착된 이미지는 그리 쉽게 바뀌지 않을뿐더러, 그 이미지를 안고 평생을 가야 하는 경우도 적지 않다. 죽어서도 많은 이들에게 손가락질을 받아야 했던 고갱이 더욱 안타깝게 느껴지는 이유다.

프랑스 퐁타벤(화방)

모든 것에 지쳐버린 고갱은 문명사회를 포기하고 태평양의 타히티섬으로 들어간다.

그리고 10년 동안 타히티의 색과 풍만함을 고스란히 화폭에 담아내는 화법을 정립해 미술계의 거장이 됐다.

10년의 세월을 투자하면 인생의 승부를 걸 만한 기회가 찾아온다는 1만 시간의 법칙이 고갱에게도 통용된 것이다.

고갱이 남긴 작품〈우리는 어디서 왔고, 우리는 무엇이며, 우리는 어디로 가는가(1897)〉가 눈에 들어온다. 그에 대한 답은 모르겠다.

하지만 마지막까지 뚜렷한 목표를 가지고 앞으로 꾸준히 나아간 고갱에게 조용한 격려를 보낸다.

'여기까지 오느라 애쓰셨소.'

8

윌리엄
워즈워스와의 추억

길을 걷거나 여행을 할 때면 노래하듯 흥얼거리는 말이 있다.

'나는 구름처럼 홀로 유랑하였다네(I wandered lonely as a cloud)'

영국 시인 윌리엄 워즈워스의 시 〈수선화(The Daffodils)〉의 첫 구절이다.

구름처럼 홀로 영국 레이크 디스트릭트에 있는 얼스호를 걷는다.

워즈워스의 시 〈수선화〉에 영감을 준 호수다.

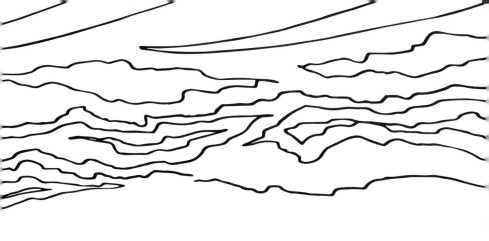

5월의 마지막 날을 향해가는 지금 수선화는 거의 남아 있지 않다.

아쉬운 마음을 달래며 다시 걷기 시작한 그때, 눈이 부실 만큼 강한 빛이 오솔길을 비춘다. 서쪽으로 저무는 석양빛이 호수 표면에 강렬하게 반사된 것이다.

나무숲 사이로 호수의 반짝이는 물빛이 가히 초자연적인 모습으로 어른거린다.

워즈워스가 〈수선화〉의 영감을 얻은 곳

The waves beside them danced; but they
Out-did the sparkling waves in glee:

호숫물도 옆에서 춤을 추었으나
반짝이는 물결보다 디욱 흥겹던 수선화

100여 년 전, 워드워스에게 영감을 줬던 풍경을 내게도 보여준 자연에 감사하게 되는 순간이다.

바람에 살랑거리는 꽃들의 정겨운 풍경을 조용히 눈을 감고 그려본다. 나도 흥에 겨워 마음속에 차오르는 감성을 노래해본다.

〈워즈워스를 그리워하며, 얼스호에서〉

지금 이 순간
황금빛 수선화만 핀다면,
그리운 워즈워스랑
함께일 텐데.

그대는 봄에 피어나
지고 없으니,
석양빛 호수만이
나를 반기네.

9

거기서
죽어도 좋았다

자유, 사랑, 행복을 추구하며 평생을 살고, 그 가치가 집약된 곳에서 죽음을 맞이한다면 더없이 행복한 마무리일 것이다.

자유롭게 사랑하면서 행복하게 살고, 그러다 흙으로 돌아가야 할 시점이 다가오면 이러한 곳에서 생을 마감하고 싶다.

'거기서 죽어도 좋을 곳'

적어도 내겐 그런 곳을 소개한다.

죽어도 좋은 곳, 스타우어헤드

스타우어헤드(Stourhead)

GPS좌표: 51.105125,- 2.317915

생활에 지친 사람들에게 더없는 쉼을 선사할 최고의 장소.

드넓은 초원과 조용하고 아늑한 분위기는 활력소가 된다. 정원 곳곳에 행복 바이러스가 널려 있다. 그 바이러스가 보는 사람의 마음까지 편안하게 해준다. 불면증으로 밤을 지새우는 사람에게 많은 도움이 되리라. 이 곳은 영화〈오만과 편견〉에서 남자 주인공 다아시가 여자 주인공 엘리자베스에게 사랑을 고백한 장소로도 유명하다.

호수에 비친 단풍색이 일품이다. 석조 다리를 배경으로 끼고 있는 호수를 천천히 산책하다 보면, 영화 속 주인공이 된 듯한 느낌이 든다. 다시금 뜨거운 사랑을 나눴던 지난날을 떠올려본다.

죽어도 좋은 곳, 글렌두르간

글렌두르간 (Glendurgan)

GPS좌표: 50.106861,-5.117295

여유롭고 우아한 자연을 느낄 수 있는 곳. 배려심이 몸에 밴 사람들 덕분에 평화로운 자연과 호흡하면서 정원문화의 느긋한 즐거움을 맛볼 수 있다. 산책을 하며 티하우스에서 크림 티와 케이크를 즐길 수 있으며, 이는 영국 음식문화를 경험해볼 수 있는 좋은 기회가 되어준다. 손주를 위해 《해리포터와 불의 잔》에 나오는 미로를 정원에 만들어준 할아버지라니, 세상에서 최고로 멋진 할아버지 아닐까.

나이트셰이즈 (Knightshayes)

GPS좌표: 50.926433,-3.480672

    성별이 무엇이든 나이가 몇이든 모두가 행복한 시간을 누릴 수 있는 곳.

    티룸을 포함한 휴게시설도 잘 갖춰져 있어 각자의 체력에 맞게 즐기면 된다. 많이 걷지 못하는 사람은 저택을 관람하고, 벤치에서 쉬어가면서 주변의 아름다운 정원을 둘러보면 제격이다. 예쁜 꽃뿐만 아니라 식물도 다양해서 보기만 해도 눈이 즐겁고, 아름드리나무 그늘 아래서 즐기는 피크닉은 행복 그 자체다. 만일 걷기를 좋아하는 사람이라면 수만 평에 이르는 넓은 대지의 초원과 숲을 천천히 산책해보길 권한다.

죽어도 좋은 곳, 나이트셰이즈

안토니 (Antony)

GPS좌표: 50.385284,-4.227212

아이들이 푸른 잔디 위에서 마음껏 뛰어놀 수 있는 최고의 놀이터. 정원이 상상 이상으로 크고 정원수들이 다른 곳에서는 볼 수 없는 아름다움을 뽐낸다. 다양한 놀이시설도 무료로 이용할 수 있는 이곳은 영화 〈이상한 나라의 앨리스〉 촬영지다. 아이들의 동심이 아름답고 충만하게 채워질 뿐만 아니라, 다 큰 어른도 내면의 순수하고 깨끗한 영혼을 만날 수 있는 곳. 가슴 켜켜이 쌓인 먼지를 털어내주고 청량한 미소를 선사해준다.

죽어도 좋은 곳, 안토니

아 라 론데 (A La Ronde)

GPS좌표: 50.641721,-3.408861

독립적인 삶을 꿈꾸는 여성이라면 이곳은 신세계다. 독신 자매를 위해 지어진 예쁘고 아기자기한 보금자리이다. 정원 규모는 아담하지만 저택 내부 인테리어와 탁월한 조형미는 이곳에 살고 싶을 만큼 마음을 사로잡는다.

눈으로 본 대자연의 풍광을 사진으로 다 담아내지 못하듯, 영국 정원에서 느낀 감동을 온전히 글로 옮기지 못하는 나의 글솜씨가 아쉽다. 하지만 정말이지 나는 거기서 죽어도 좋았다.

죽어도 좋은 곳, 아 라 론데

2장 **사랑**

10 /

당신의 소원이
우주에 닿기를

신에게 다가가기 위해 필요한 것은 무엇일까?

브라질 리우데자네이루에 있는 코르코바도산 정상에는 두 팔을 벌리고 도시 전체를 굽어보는 거대한 예수상이 있다.

브라질 리우데자네이루 예수상

신에게 가기 위해 내가 선택한 교통수단은 트램이다.

트램을 기다리는 동안 주변을 둘러보니 나와 같은 사람들이 한눈에 들어온다. 그때 왼쪽 다리가 약간 불편해 보이는 한 남성이 매표소로 들어와 가격표만 하염없이 보고 있다.

한참의 시간이 흘렀다. 표를 사지 않고 매표소를 나서는 그의 표정에는 아쉬움이 짙게 묻어 있었다. 그를 따라 내 시선도 따라 걸었다. 그는 처진 어깨와 무거운 발걸음으로 작은 공원 한가운데 위치한 정글짐 속으로 들어갔다.

그는 이내 정글짐 가장 높은 곳에 올라가서는 오른편 하늘을 또다시 한동안 응시했다. 그곳에 앉아 그는 어떤 기도를 올렸을까. 그의 간절함은 하늘에 닿았을까.

지금껏 살면서 무언가를 간절히 원했던 적이 있던가. 언제부터인가 우리는 좋은 대학에 가고 대기업에 입사하여 정년을 마치고, 편안한 노후를 맞이하는 게 삶의 목표가 되어버렸다. 요즘 초등학생에게 꿈을 물으면 정규직이라 답한다고 한다. 아이들이 원하는 삶이 그런 것일까. 원하는 것이 무엇인지조차 잊혀가는 현실이 쓸쓸하게 느껴지는 요즘, 멀리 예수상을 보며 기도를 올리는 그를 바라보며 정말 내가 원하는 것이 무엇인지 다시 한번 생각해본다.

정글짐을 내려오는 그의 얼굴에 커다란 미소와 감격스러움이 한껏 배어 있었다.

그는 무엇을 봤을까?
그는 무엇을 느꼈을까?

그가 내려온 정글짐 꼭대기로 서둘러 올라가본다.
그가 앉았던 자리에 똑같이 앉아 그가 쳐다봤던 오른쪽 하늘을 올려다본다.

브라질 리우데자네이루, 정글짐에서 바라본 예수상

저 멀리, 조그맣지만 분명하게 두 팔을 벌린 예수상이 보인다.

불편한 다리에 빈약한 주머니 사정의 그는 신에게 가기 위한 방법으로 절실한 마음을 택했던 것이다.

고작 트램 티켓으로 신에게 가까이 갈 수 있다고 생각했던 내가 부끄럽다.

어쩌면 그의 간절한 바람은 이미 신에게 닿았을지도 모른다.

그래도 혹시나 하는 마음에 나 역시 두 손 모아 그의 소원이 신에게 닿기를 빌어본다.

간절히 바라면 이루어지리라.

106

작은
배려의 힘

'부엔 카미노(Buen Camino)!'

스페인 산티아고 순례길에서 만나는 사람들은 모두가 '부엔 카미노!'라고 인사를 한다.

'부엔'은 좋은, '카미노'는 길이니, 직역하면 좋은 길이지만 안전하고 행복한 순례길이 되기를 기원한다는 격려의 메시지다.

이 인사를 생각하면 지금도 마음이 벅차오르고, 축복에 대한 감사한 마음이 샘솟는다.

산티아고 순례길은 스페인의 수호성인 성 야고보의 무덤이 있는 스페인 북서쪽 도시인 산티아고 데 콤포스텔라로 향하는 길로 약 800킬로미터에 이른다. 보통 사람이 하루 25킬로미터를 걷는다고 할 때, 32일 동안 누구의 도움도 없이 오롯이 나의 두 발로 뚜벅뚜벅 걸어가야 하는 대장정이다.

스페인 산티아고 순례길

순례길 초반에는 걷고 또 걸어서, 아무 생각이 나지 않고 거의 모든
힘이 소진될 때쯤에야 겨우 오늘의 목적지가 눈앞에 보이곤 했다.

조금 익숙해진 후에는 걷고 쉬고를 반복할 수 있었고, 이렇게 조금 적응이 된 이후에야 조금씩 뭔가를 생각할 수 있는 정신적 여유가 생겼다. 사람을 마주쳐도 인사할 힘조차 없던 시간이 지나고 나서야 서서히 자연스럽게 인사를 건네게 된다.

언어는 통하지 않아도 서로 마음을 나누고 배려하면서 걷는 길이 시작되는 것이다.

여기에 오는 사람은 대부분 각자 나름의 이유로 이 고난의 길을 걷는다. 그런다고 당장 모든 문제가 해결되지 않으리라는 것도 다들 안다.

그럼에도 순례길에 올라 묵묵히 걷고 누군가에게 인사를 건네고 받는다.

"부엔 카미노!"

이 한마디가 지친 나를 위로하고 다시 한 걸음을 내딛게 해준다.

지친 누군가에게 필요한 것은 거창한 무언가가 아니다.

진심을 담아 건네는, 작은 배려가 섞인 말 한마디라는 것을 끝없이 뻗은 길 위에서 깨닫는다.

내가 걷는 지금 이 길에서, 사람들은 그렇게 서로에게 위로를 전한다. 길 '위'로 길 '위로'!

스페인 산티아고 순례길

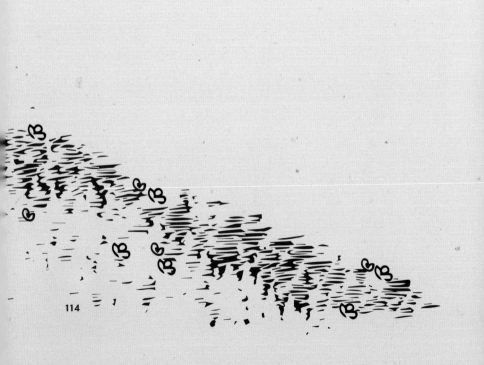

서로를 위로하다

꿈에 그리던 스페인 산티아고 순례길 마지막 구간이다.

길고도 먼 길을 홀로 걸으며 '하지 말았어야 했던 것'과 '했어야만 했던 것'에 대한 회한을 하나씩 풀어놓는다.

이제 가슴에 맺힌 마지막 응어리를 내려놓으면 산티아고 대성당에 발을 딛게 될 것이다.

그리고 정오 미사에 참석한 뒤, 순례완주 증명서를 받으면 나의 산티아고 순례길은 끝이 난다.

스페인 산티아고 가는 길

뛰다시피 도착한 산티아고에서 나는 순례길 위에 모두 내려놓았다고 생각했다.

하지만 그것도 잠시, 금세 불행이 내 앞에 떡하니 버티고 있는 것 같은 번뇌를 느껴야만 했다.

순례완주 증명서를 받으려면 반드시 '사리아~산티아고 데 콤포스텔라' 100킬로미터를 걸어야 하는데 나는 다른 구간으로 걸어왔기 때문에 완주 증명서를 받을 수 없다는 것이다.

정오 미사도 이미 끝나버렸고, 공사 중인 산티아고 성당은 둘러볼 수도 없었으며 완주를 축하해주는 동행도 없었다.

기대가 크면 실망도 크다. 이 단순한 명제를 온몸으로 느끼는 순간이었다. 아니, 단순한 실망을 넘어 순식간에 상실감과 비통함으로 가득 찼다.

절실한 도움이 필요한데 친구에게 외면당했을 때,

승진 누락으로 조직의 쓴맛을 봤을 때,

사랑하던 연인에게 배신을 당했을 때,

마음속에 가라앉아 이제는 다시 떠오르지 않을 것 같던 그때가 떠올랐다.

스페인 라바코야 시냇물

순례완주 증명서를 받지 못한 게 왜 그렇게 마음 아팠을까?

나는 종교도 없고, 누군가에게 완주를 자랑할 마음도 없었는데 말이다. 그저 조용히 내 안으로 들어가 그 길을 오롯이 걷고자 했을 뿐인데 말이다.

생각에 빠져 숙소 앞을 서성이다 나도 모르게 탄성이 터져나오는 광경을 마주했다.

라바코야의 시냇물.

예로부터 순례자들이 산티아고에 들어가기 전에 몸을 씻는 의식을 행하던 그 시냇물이 숙소 앞에 있는 게 아닌가.

완주 증명서를 곧 받으리라는 사실에 들떠서 눈길조차 주지 못했던 곳.

살랑거리는 나뭇잎 그리고 아름다운 음악처럼 흐르는….

조금 전까지 원하던 것을 얻지 못했다는 데에 속을 찌르는 듯한 아픔을 맛봤는데, 어느덧 나는 위로를 받고 있었다. 언제부터 이곳에서 흐르고 있었는지 모를 이 깨끗한 물에.

바라는 것에만 마음을 빼앗겨 정작 소중한 작은 꽃이 피고지는 것을 모르고 살았던 나를 돌아보게 된다.

나의 동반자, 등산화

어려움을 함께 이겨내준 두 발에 감사하며 시냇물에 발을 담그고 시원한 바람을 느낀다. 등산화에도 감사의 마음을 전한다.

'먼 길 걸어오느라 고생했다! 아무도 알아주지 않더라도 나만은 잊지 않을게!'

돌이켜보면 별것도 아닌데 마음 상하고 너그럽게 받아들이지 못한 일이 많다.

크고 작은 반성과 작은 소망을 라바코야의 시냇물에 띄워 보낸다.

작은 서운함 때문에 커다란 고마움을 전하지 못하는 어리석은 행동을 이제 두 번 다시 하지 않기를….

나를 있게 해준 주변의 손길과 위로를 잊지 않기를….

연인과 노을

뜨거웠던 사랑은 시간이 지나면 정말 식어버리기만 할까?

뜨거운 것은 언젠가 차가워지는 것이 자연의 이치라지만, 사랑은 다르다고 생각한다.

뜨겁던 사랑은 결혼과 함께 다른 감정으로 변화한다. 시간의 흐름 속에 이해의 폭이 넓고 깊어지고, 깊어진 이해는 사랑을 농익게 한다.

짙은 이해가 배어 있는 경건한 부부의 모습을 잘 표현한 그림으로 장 프랑수아 밀레의 〈만종〉을 꼽는다. 물론 이는 나만의 시각이다.

낭만이 어우러진 노르웨이 베르겐

노르웨이의 베르겐은 북유럽의 고풍스러움과 동화적 낭만이 어우러진 항구도시다.

산등성이에 듬성듬성 자리잡은 아기자기한 집, 파란 바다 위에 떠 있는 하얀 요트….

오랜 도시의 포근함과 여유는 보는 것만으로도 여행자에게 휴식을 준다.

도시를 비추던 태양이 서서히 빛을 잃기 시작하더니 이내 구름이 살구색과 연보라색으로 물들기 시작한다.

그 아름다운 찰나를 카메라에 담으려는 순간, 서로에 대한 사랑으로 주변 풍경을 물들이는 커플이 카메라 앵글 속으로 자연스럽게 들어온다.

감사하게도 나만의 사진 〈만종〉을 갖게 되는 순간이다.

노르웨이 베르겐, 연인과 노을

뜨겁지만 완전하지 않았던 젊은 시절의 사랑을 떠올린다.

세월 앞에 속수무책으로 시들해졌다고 느꼈던 사랑도 떠올린다.

형제만 있는 나는 여성의 미묘한 심리 변화를 파악하지 못했고, 자매만 있는 아내도 목표지향적인 남자의 언어를 이해하지 못했지만, 우리는 지치지 않고 서로에게 주파수를 맞춰나갔다.

그렇게 20여 년이 지난 요즘, 가끔 아내는 작은 유머로 나를 미소 짓게 한다. 목표지향적 언어를 구사하던 나도 아내 앞에서 어설픈 개그 감각을 발휘해본다. 그런 나를 보며 아내는 애정 어린 표정으로 빙그레 웃어준다. 그 표정 또한 사랑스럽다.

한낮에는 파랬던 하늘이 시간이 지나며 석양빛으로 물들어가듯, 아내와 나도 함께한 시간만큼 서로에게 스며들며 하나가 되어가고 있다.

석양빛을 받아 실루엣으로 이어진, 한 폭의 그림 같은 저 연인의 모습처럼.

뜨거웠던 사랑은 세월 앞에 시들해지는 것이 아니라 세월과 함께 농익어간다는 것을 느끼는 순간이다.

14/

보고 싶고
사랑합니다

내가 세상에서 가장 좋아하는 단어는 '어머니'다
마음 깊은 곳에 담겨 있는, 그리고 무엇과도 바꿀 수 없는.

영국에서 만난 양

영국의 초원을 한가롭게 산책하던 중에 어미 양 한 마리를 만났다.

사람이 다가가면 양은 피하기 마련인데, 어미 양은 놀라거나 피하려는 기색 없이 초연한 자세로 자리를 지키며 내게서 시선을 떼지 않는다. 이상하다 싶어 조심스럽게 주위를 살펴보니 어미 양의 발 옆에 작은 새끼 양이 겨우 머리를 가누고 있다.

분명 두렵고 불안했을 텐데, 갓 태어난 새끼 곁을 떠나지 않고 지키는 모습에 코끝이 찡해진다. 미안한 마음에 길을 크게 돌아 걸었다. 그제야 어미 양은 긴장을 풀고 새끼 양을 정성껏 핥아준다.

영국에서 만난 양

비구름이 몰려드는 하늘을 보며 추위에 떨 새끼 양을 걱정하다가 바위 틈에 걸려 넘어지면서 손톱이 갈라졌다.

숙소에 돌아와 손톱을 깎으려는데 눈이 침침해 벌써 노안이 오는가 싶다. 마음이 착잡해진다.

문득, 돌아가신 어머니 생각이 난다. 그때가 아마도 지금의 내 나이 쯤 되셨을 것이다.

나는 회사에 갓 입사한 터라 적응에 여념이 없던 시절이었다.

어느 날 어머니가 마루에 앉아 "엄지발톱이 두꺼워져서 잘 깎아지지 않는구나" 하고 혼잣말을 하셨다. '왜 그럴까?' 생각하면서도 무심결에 흘려듣고 말았다.

그리고 얼마 후 마음의 준비를 할 겨를도 없이 어머니는 돌아가셨다.

침침해진 눈을 껌뻑이며 손톱깎이를 내려다본다.

"엄마, 제가 깎아드릴게요…."

그 쉬운 말을 나는 제때 하지 못했다.

어머니는 내게 세상을 선물했는데, 나는 고작 그 한마디를 못 했다.

사랑에
목숨을 걸다

아르헨티나 여행을 마치고 칠레 오소르노에 도착한 발걸음이 절로 가벼워진다.

아내와 함께 미국 자동차 여행을 할 생각에 괜스레 설렌 까닭이다.

그런데 아무리 둘러봐도 버스가 없다.

크리스마스 시즌이라 모두들 휴가를 갔다고 한다.

산티아고까지 못 가면 미국행 비행기를 탈 수도 없고 그러면 영어가 서툰 아내가 LA 공항에 혼자 있어야 하는 최악의 상황이었다.

그때 다리를 저는 60대 남성이 내게 다가와 서툰 영어로 말을 걸었다. 자신의 차를 타고 산티아고까지 가자는 게 아닌가.

몸이 불편한 그가 1,000킬로미터가 넘는 장거리를 운전할 수 있을지 불안했지만, 내겐 선택지가 없었다.

1킬로미터 정도 달렸을까? 갑자기 후미진 공장 앞에 차를 세운 그가 나를 공장 안으로 데리고 들어갔다. 어두컴컴한 내부에 높다란 작업용 테이블이 몇 개 있는데, 옆을 보니 하얀 방수 앞치마를 입는 그가 보인다.

'혹시 장기 밀매조직?'

갑자기 남미 마약조직을 다룬 영화가 머릿속을 스쳤다. 곁눈질로 주변을 훑어보며 무기가 될 만한 게 있는지 찾았다. 들어왔던 문이 닫혀 있는 것을 확인하는 순간, 격렬한 공포가 밀려와 거의 졸도하기 직전이다.

아찔해지는 정신을 부여잡고 그의 행동에 시선을 고정했다.

잠시 후, 뭔가를 작업하던 손길을 멈춘 그가 짐을 챙기더니 밖으로 나가자는 손짓을 했다. 마침내, 공장 밖으로 나와 다시 차를 타고 산티아고를 향해 달리기 시작했다.

그제야 숨이 제대로 쉬어지는 것 같았다.

이탈리아 돌로미티

무사히 산티아고에 도착해서 만난 그의 아들이 사정 이야기를 들려줬다.

그는 고향인 오소르노에서 방수 앞치마를 제작하는 공장을 운영하고 있고, 자신은 산티아고에서 몸이 불편한 어머니를 병간호하고 있다고 했다. 가족과 함께 크리스마스를 보내기 위해 그는 다리가 불편한데도 위험을 감수하며 달려온 것이다.

아, 사랑이란!

사랑하는 가족과 함께하는 것이 삶의 최고 가치라는 것을 다시 한번 깨닫는다.

나는 어땠던가. 업무에 시달려 가족에게 소홀하기 일쑤였고, 함께할 시간조차 자주 내지 못했다. 굳이 자기변명을 해보자면 가족을 위해서라고, 함께 행복하게 잘 살기 위해서라고….

사랑하는 가족을 두고, 왜 일이 1순위가 되어야만 했던지….

진심 어린 그의 도움을 한순간 의심한 데 대한 미안한 마음과 아내를 만날 수 있도록 도와준 데 대해 감사한 마음을 다시 전한다.

고마워요, 몰리나!

16 /

화를 다스리다

서두름에는 병통이 따른다.

서두르다 보면 마음이 바빠지고 실수를 하게 된다.

말이 빨라지고 생각이 흐트러져 어느새 거친 말이 튀어나온다.

그 순간, 누군가 옆에 있다면 상처를 받을 수도 있다. 이미 뱉어버린 말을 다시 주워 담을 수도 없으니, 이보다 더 큰 병통이 없다.

웨데스던 저택

세계에서 제일 부유한 가문인 로스차일드의 웨데스던 저택과 정원을 찾아가는 길이다. 최소 2,000조 원 이상의 재산을 보유하고 있다고 알려졌지만 정확한 금액은 계산할 수조차 없다고 한다. 평생을 금융계에 몸담은 나로서는 세계 금융시장을 주름잡고 있는 가문의 저택을 방문한다는 데 기대가 클 수밖에 없었다.

사전예약제로 운영되고 있어, 오늘을 놓치면 다음 기회를 장담할 수 없다. 마지막 입장 시간까지 반드시 도착해야 한다는 생각에 마음이 급해졌다.

서둘러 가고 싶은데 그런 내 마음도 모르고 앞차는 거북이 운행을 했다. 그렇다고 차선이 하나뿐인 도로에서 추월을 할 수도 없는 노릇이었다.

화가 치밀어올랐지만 별수 있나, 앞차를 따라갈 수밖에.

전전긍긍하며 앞차를 노려보던 내 눈으로 교통 표지판이 들어왔다.

제한속도 48킬로미터! 과속 단속 카메라도 여러 대 설치돼 있다.

만약 앞차가 없었다면 60킬로미터 이상으로 달리면서 속도위반 단속에 걸리고 말았을 것이다.

결국, 내 상황에만 맞춰 판단하다 보니 생긴 일이다.

내 생각과 다르게 일이 흘러가거나, 작은 균열이라도 생기면 나도 모르게 벌컥 화를 내곤 했다.

철저히 나의 입장만이 옳다 여기고, 다른 상황은 살피지 않는 오만함이다.

속도를 늦춰야 한다.

편향적으로 치닫는 생각의 속도를.

속도를 단속하는 카메라처럼 화를 단속해준다면야 좋겠지만 아쉽게도 그 단속은 셀프다.

한 번 더 생각하고, 가슴으로 느낄 수 있도록 훈련하는 수밖에.

서두르면 언제나 병통이 생기기 마련이니….

겸손을 배우다

오스트리아에서 만난 듀란이라는 여행자 친구는 내게 스위스 실스
마리아의 아름다움을 이야기하며 꼭 한번 봐야 할 곳이라고 신신당부까
지 한다.

실스마리아….

기억이란 참 미묘하다.

세월이 지나면 기억의 조각이 이리저리 흩어지고 짜깁기되어, 생각
지도 못한 곳에서 다시 맞닥뜨리게 된다. 기억의 단면은 처음 마주한 듯
생경하기도 하고, 익숙한 듯 그립기도 하다. 언젠가 꿈에서 본 것 같은,
어디선가 만난 것 같은.

내게 실스마리아는 니체의 철학, 슈트라우스의 음악, 쥘리에트 비노
슈가 나오는 영화라는 기억의 단편이 조합된 곳이다.

그 조각조각을 좇아 여행 일정을 바꿔 실스마리아로 떠나기로 했다.

실스마리아, 호수 위의 아침 풍경

드넓게 펼쳐진 들판과 호수, 높고 낮은 산들이 하모니를 이루며 실스마리아를 감싸안고 있다. 해발 1,800미터에 위치한 실스마리아는 한여름에도 공기가 신선해 기분이 상쾌하다.

세상에서 가장 사랑스러운 은신처라고 찬탄하던 니체의 말 그대로다.

니체 박물관을 둘러본 뒤, 호수를 산책하며 이곳에 대한 기억을 다시 떠올려본다.

니체는 실스마리아의 실스 호수에서 철학적 영감을 얻어《차라투스트라는 이렇게 말했다》를 썼다.

슈트라우스는 음악과 철학을 접목한 교향시〈차라투스트라는 이렇게 말했다〉를 작곡했다. 교향시를 감상하며 니체의 차라투스트라와 대화하는 재미는 무척 색다르다.

〈클라우즈 오브 실스마리아〉는 쥘리에트 비노슈의 아름다운 연기와 실스마리아의 풍광에 눈이 번쩍 뜨이는 영화다. 그중에서도 '말로야 스네이크'라 불리는 거대한 구름 떼가 말로야 계곡을 관통하며 흐르는 장면은 그야말로 압권이다.

실스 호수에서 돌아오는 길, 왠지 모를 아쉬움에 산기슭 방향으로 걸음을 옮긴 그때, 멀리 폭포가 눈길을 사로잡는다.

올라가는 바윗길은 다소 위험했지만 폭포를 마주하는 순간 그 청량함에 넋을 잃는다. 계곡에서 불어오는 시원한 바람은 땀을 식히고, 햇빛은 물보라에 굴절돼 무지개를 만들며 보는 즐거움을 선사한다.

실스마리아의 모든 것이 자신을 위해 만들어진 것 같다던 니체의 말이 이해되는 순간이다.

폭포를 향해 올라오던 노부부가 발길을 돌려 내려가는 모습이 보인다. 지팡이를 짚고 올라오기에는 꽤나 미끄러운 길이다.

저분들도 젊어서는 가파른 계곡을 펄펄 날아다녔을 것이다.

세월은 구름처럼 흐른다. 청춘은 잠시고, 젊음도 한때다.

어느덧 지팡이를 짚게 되면 젊은 시절 못지않은 패기만으로는 안 되는 것도 있다는 것을 받아들이는 때가 온다.

나 자신에게 겸손해져야 한다. 세월이 나만 비켜갈 리 없으니.

150

노부부가 보려고 했던 폭포

18

저녁 산책

잉글랜드 북서부 레이크 디스트릭트 근처의 숙소에서 저녁 식사를 마치고 다이닝룸 소파에 앉아 책을 읽으며 창밖 풍경을 즐긴다. 해는 서산으로 넘어갔지만 아직 서쪽 하늘에는 앞산이 남긴 빛이 남아 있다.

레이크 디스트릭트는 영국인이 가장 선호하는 시골 중 하나다. 독일의 대표 시인 괴테도 '영국의 시골은 아름답다'고 감탄했다.

동화 〈피터 래빗〉의 저자 베아트릭스 포터가 가장 사랑한 곳, 그 아름다운 풍경은 200여 년 전의 모습 그대로를 유지하고 있다.

현대 자본주의 사회에서는 풍경이 아름다운 곳에 높은 빌딩을 짓고, 근사한 호텔과 레스토랑, 골프장 등의 사업을 하고 싶은 것이 인지상정이다. 레이크 디스트릭트도 그 욕망에서 예외일 수 없었지만, 베아트릭스 포터의 의지로 보존할 수 있었다.

그녀는 자신이 소유한 땅 500만 평, 농장 열네 곳, 집 스무 채를 환경단체인 내셔널 트러스트에 기부하면서 자연 그대로 보존해주기를 바랐고, 200여 년이 지난 지금도 그 모습을 그대로 지켜가고 있다.

베아트릭스 포터 기념관

구름이 엷게 낀 밤길이 고즈넉하다.

희미한 산책로가 나의 발길을 잡아끌고, 호숫가의 키 작은 풀들과 밤기운이 나를 부드럽게 감싸안아준다.

베아트릭스 포터도 남편과 함께 이 길을 걸었을 것이다.

지금 난, 그녀가 걸어갔던 그 길을 따라 걸어본다. 달빛이 안내자가 되어 밤길을 밝혀준다. 고즈넉한 시골길이 주는 평온함, 마음이 한껏 가벼워진다. 좋은 기운을 품은 자연을 누비는 시간은 그 자체만으로도 힐링이 된다.

그녀가 지켜준 레이크 디스트릭트의 밤공기가 모두의 마음에 평안하게 깃드는 시간이다.

레이크 디스트릭트

3장

자유

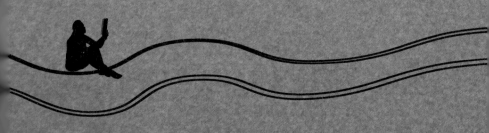

여행 중 가장 마음에 들었던 서재(영국, 안토니하우스)

19

자기만의 방

버지니아 울프는 '여성이 소설을 쓰고자 한다면, 돈과 자기만의 방이 있어야 한다'고 주장했다.

자립할 수 있는 고정적인 소득과 자기 생각을 정리할 수 있는 혼자만의 공간을 가질 때, 비로소 자유로울 수 있다는 것이다.

　천성적으로 자유인인 나는 남이 시켜서 하는 일이 적성에 맞지 않았다. 그래서 조기은퇴를 할 수 있는 기반을 마련하기 위해 앞만 보고 살았다.

　돌이켜보면, 버지니아 울프가 말했던 '자기만의 방'을 마련하기 위해 그렇게 발버둥 치면서 살아온 것 같다.

영국 고돌핀, 책 읽는 노년

자유를 갈망했던 사람으로는 소설 속 인물인 조르바가 가장 먼저 떠오른다. 니코스 카잔차키스의 소설 《그리스인 조르바》의 주인공. 인습을 타파하고 인간의 마음속에 내재하는 사랑과 행복을 추구하는 그의 자유로운 영혼에 환호한다.

조르바의 '자기만의 방'이라면 풍부한 인생 경험과 사람들의 마음을 사로잡는 솔직한 매력, 그리고 튼튼한 체력일 것이다.

조르바와 비견되는 인물로 길 위의 철학자라 불리는 에릭 호퍼가 떠오른다. 그는 일생 책을 읽을 수 있는 시간과 잠잘 수 있는 공간 그리고 생명을 부지할 만큼의 식사를 추구했다.

평생 떠돌이 노동자로 살면서 보통 사람은 상상도 할 수 없을 만큼 많은 책을 읽고, 깊이 사색하면서 독학으로 독자적인 사상을 수립해 위대한 사상가의 반열에 올랐다.

몬테네그로, 부드바

자유를 갈망하고 마침내 완전한 자유를 얻은 그들이 찾은 것은 결국 '자기만의 방'이 아니었을까. 자기만의 목표와 추구하는 바가 명확했고, 그것을 찾기 위해 무엇이 필요한지 알고 있었기에 그들은 자기만의 방을 가질 수 있었다.

그렇다면 우리는 왜 자유로운 삶을 살지 못한다고 생각할까? 그 대답은 다른 누구도 아닌 바로 우리에게 있다고 조르바는 말한다. 지금 그렇게 살라고 한 것은 다른 누구도 아닌 너 자신이라고. 타인의 말과 시선에 얽매이지 말고 네가 진정 원하는 것을 찾으라고 말이다.

자유를 갈망한다면 자기만의 방을 만들 궁리를 해보자.
생각하는 것만으로도 자유를 향한 일보전진이다.

아이슬란드

20/

고독을 즐기다

얼음처럼 단단해 보이는 산과 온통 새하얀 눈에 뒤덮인 대지 위로 드넓고 파란 하늘이 펼쳐진다. 하늘 한쪽 구석은 흰 구름과 어우러진 사파이어색이다.

아름답지만 고독한 아이슬란드의 흔한 겨울 풍경이다.

혼자 하는 여행을 즐기는 내게 혹자는 외롭지 않느냐고 묻는다.

외로움은 홀로 견뎌야 하는 아픔이지만 지금 내 안에 있는 것은 외로움이 아니라 호젓한 해방감, 즉 고독이다.

자신의 내면을 온전히 들여다보며 고독을 즐길 줄 안다는 것은 행운이다.

고독을 즐길 줄 안다면 혼자 떠날 준비가 되었다고 볼 수 있다.

여행은 고독을 위한 새로운 환경과 시간을 내어준다.

혼자 하는 고독한 여행은 뭐든 스스로 선택하기에 자유롭기도 하다.

아이슬란드, 비행기 잔해

고독은 무한한 자유다.

고독은 최고의 선물이다.

홀로 미지의 세계를 향해 발걸음을 내딛는 사람에게 주어지는 축복
이다.

거세게 휘몰아치는 검붉은 모래바람을 뚫고 한 치 앞도 보이지 않는
거친 광야를 헤쳐 나아간다.

우여곡절 끝에 도착한 곳엔 쓸쓸히 버려진 비행기 잔해가 있다.

부러진 날개 위에 올라서 저 멀리 바라본다.

보이는 것은 흰 눈 뒤덮인 황량한 산과

끝없이 펼쳐지는 검은 자갈밭 황야뿐.

고독에 잠긴 나는

바야흐로 자연이 된다.

21

선택의 연속

몇 날 며칠을 달려도 사람 한 명 볼 수 없는 호주의 끝없는 지평선을 가로질러 광막한 평원으로 간다. 3주 간의 호주 여행 최종 루트가 완성됐다.

계획 없이 떠나는 호기로운 여행도 좋지만, 대략적인 루트를 짜두면 현지에서 습득한 정보에 따라 새로운 선택을 해야 할 때 도움이 된다.

호주에서 무엇을 하고 싶은지 선택한 후, 가고 싶은 여행지를 체크하고, 하고 싶은 것과 가고 싶은 곳의 접점을 찾아 루트를 짠다.

언제 다시 갈 수 있을지 모르기에 여행지 선택에 신중해질 수밖에 없다. 서호주의 퍼스에서 출발해서 브룸, 다윈, 케언즈, 울룰루, 시드니로 이어지는 참으로 꿈같은 여행이다.

사람은 매 순간 선택을 하며 살아간다.

어쩔 수 없이 주어진 일을 해야 한다는 선택도 있고, 때로는 하고 싶은 일을 택하기도 한다. 순수 자유의지에 의한 것이든 그렇지 않든 그 선택이 쌓여 인생이라는 결과물을 만들어낸다. 정답이 없는 인생에서 어떤 선택이 맞는지 알 수는 없지만 누구나 자신이 좋아하는 일을 하고 싶지 않을까?

비록 작은 것 하나일지라도 내 마음대로 할 수 있을 때, 숨이 조금 트이는 듯한 기분이 드는 것은 그 때문이다.

호주 울룰루

신기하다. 호주의 황무지에서는 아무 소리도 들리지 않는다. 주변에서 흔히 들을 수 있는 그 어떤 소리도 없다. 자동차 소음, 사람들 목소리, 풀벌레 소리, 귀뚜라미 우는 소리, 까치, 비둘기 소리 등. 심지어는 바람도 불지 않아 나뭇잎 소리마저도 들리지 않는다. 마치 진공 상태의 우주에 떠 있는 기분이다.

사막을 며칠째 달리고 있다. 해 뜨면 달리고, 해가 지면 멈춘다. 배고프면 밥 먹고, 졸리면 잠을 잔다. 아무 생각 없이 차와 함께 달린다. 마주 오는 차도 없고 신호등도 없고 길을 건너는 사람도 없다.

지극히 고독한 시간, 지극히 자유로운 시간.
좋아하는 일을 하고 사는 사람과 그렇지 않은 사람의 차이에 대해 생각한다.
아마 그 둘은 그걸 찾아서 하느냐, 그렇지 않느냐로 나뉘는 것 아닐까?

지금 내가 하는 선택이 내 인생을 결정한다.
모든 것을 내가 선택하고, 내 마음이 가는 대로 해도 아무런 근심과 걱정이 없는, 이번 여행은 내가 선택한 최고의 여행이다.

22

자유를 얻는 길

'내일과 다음 생 중에, 어느 것이 먼저 찾아올지 우리는 결코 알 수가 없다.'

티베트 속담이 갑자기 왜, 그곳에서 떠올랐을까?

유럽 여행의 묘미를 묻는 이에게 나는 자동차 여행을 권한다.

가고 싶은 곳은 많은데, 시간이 한정적이라면 더욱 그렇다.

특히 독일은 통행료가 무료여서 자동차 여행자에겐 천국이라고 할 만하다. 단, 가끔 예외도 있다.

독일 발헨 호수

알프스산맥을 누비는 알펜 가도(Alpine Road)를 따라가던 중에 시골 산길로 접어들자, 그곳 관리인이 통행료를 요구했다. 대부분 통행료가 무료인 독일이니 황당하긴 했지만, 내심 뭔가 대단한 것을 만날지도 모른다는 기대감에 통행료를 지불하고 앞으로 나아갔다.

그리고 금세 기꺼이 비용을 지불한 내 선택에 박수를 보냈다.

우윳빛 계곡물이 섞인 에메랄드빛 호수, 구름 한 점 없이 맑은 하늘과 부드러운 바람이 살랑대는 완벽한 풍경을 보는 순간 형언할 수 없는 감동이 밀려왔기 때문이다.

온전한 평화란 이런 것이 아닐까?

어떤 말로도 표현이 되지 않는 발헨 호수, 천상의 호수가 그곳에 있었다.

발헨 호수는 독일 알프스 지대 호수 중에서 가장 넓고 깊으며, 맑은 물과 깨끗한 밤하늘로 유명하다.

오후 내내 풍경에 취해 오롯이 휴식을 취했는데도, 이제 막 사랑을 시작한 연인처럼 조금 더 호수 곁에 머물고 싶은 마음이 간절했다.

아쉬움에 망설임이 길어지는 가운데 호수 주변에 어둠이 내리기 시작했고, 어느덧 호수 곁에는 나만 남았다.

독일 발헨 호수

나와 자연만이 존재하는 이 느낌….

그 느낌을 온전히 누리기 위해 지체 없이 차박을 준비했다.

내일과 다음 생 중에 어느 것이 먼저 찾아올지 모르니 말이다.

순간, 마음에 더없는 자유가 차오르기 시작했다.

이 사랑스러운 발헨 호수에 뛰어드니 달빛과 새소리, 벌레 소리 속에 내가 들어간 느낌이 들었다. 그리고 대자연을 벗 삼아 수영을 하는 이 순간, 온전한 자유가 무엇인지 비로소 명확히 알 수 있었다.

안락한 숙소를 원했다면,

맛있는 저녁 식사를 위해 자리를 털고 일어났다면,

영영 누리지 못했을 행복이다.

하나를 내려놓는 순간,

손에 넣은 순도 100퍼센트의 자유다.

23

홀로 서다

밤이 내려앉은 오스트리아 잘츠부르크의 카피텔 광장은 진눈깨비가 녹아서인지 꽤 운치 있는 풍경을 선사한다.

푸르고 흰 빛만이 가득한 광장 한가운데 우뚝 서 있는 둥근 모양의 노란색 조형물은 이 도시에 불시착한 비행선 같은 느낌이다.

내가 잘못 본 걸까?

불시착한 비행선 위에 진눈깨비를 맞으며 한 남자가 위풍당당하게 서 있다. 혹독한 인생에 맞서는 고독한 남자의 모습에 묘한 동질감이 느껴진다.

카피텔 광장의 조형물

돌이켜 생각해보면 어처구니없는 발상이었다.

슈테판 발켄홀의 〈천구(Sphaera)〉라는 작품을 보고 세상과 인생에 맞서는 고독한 남자를 떠올리다니….

가끔 의도치 않게 착각을 하기도 하고, 내 멋대로 해석을 하고는 그 것이 마치 진실인 양 믿는 경우가 있다. 그러고는 그 진실이 깨졌을 때에 오는 불편함에 적잖이 화를 내기도 한다. 있는 그대로를 보지 못한 채 스스로 색을 입혔음에도 말이다. 누구를 탓할 일도, 원망할 일도 아닌 것이다.

인도 시인 타고르의 말이 마음을 때린다.

"자신이 세상을 잘못 읽고서, 세상이 자신을 속였다고 말한다."

그래, 세상을 다시 잘 읽어보자.

생각은 신중하게, 실천은 과감하게.

세상에 깨지더라도 다시 시작하면 된다.

스스로에게 당당하게 홀로 서는 그날까지.

아이슬란드의 하얀 겨울

24/

불확실성은
두려움이다

겨울철 아이슬란드 여행에는 아름다운 자연에 대한 경이로움과 두려움이 공존한다.

아름다움이 제 속살을 거저 내비치지 않듯, 아이슬란드의 자연도 그렇다. 두려움 한 조각, 고난 한 조각을 견뎌내야 아이슬란드의 참된 아름다움을 엿볼 수 있다.

아름다운 드라이브 코스로 손꼽히는 아이슬란드는 자동차 여행이 제격이다. 기름을 가득 채우고 링로드(아이슬란드 국토를 반지처럼 둥글게 일주하는 코스)를 달릴 계획이라 주유기 옆에 차를 세우고 운전석 차 문을 여는데, 순간 강한 바람이 차 문을 '삐지직' 하고 꺾어버렸다.

눈 뜨고 코 베이는 느낌이 이런 건가!

바람을 조심하라고 신신당부하던 렌터카 업체 직원의 말을 눈앞에서 실감했다. 아이슬란드에서 자동차 여행을 할 계획이라면 '바람 보험'이 필수다.

이곳에서 내게 가장 두려운 것은 '바람'이다.

아이슬란드의 굴포스

아이슬란드는 시리도록 차갑고 하얀 겨울을 보여준다. 그 아름다운 광경에 속도 없이 기뻐하고 감동했지만 좋은 것과 나쁜 것은 늘 한 쌍이라 하지 않던가.

아이슬란드의 아름다움에 감동하면서도 언제 또 차 문이 꺾일지 모른다는 두려움이 교차했다. 마치 겨울왕국의 창백한 마녀 손아귀에 걸려든 가엾은 희생양이 된 느낌이었다.

심지어는 회오리바람에 뜯겨 하늘로 날아가는 운전석 문짝을 붙잡으려고 안간힘을 쓰는 악몽을 꾸기도 했다.

크고 작은 사건 사고쯤이야 당연하게 여기며 여행해왔으면서 왜 이 사소한 사고 때문에 두려움에 사로잡혔는지 알다가도 모르겠다.

어차피 여행길은 불확실한 것투성이인데 말이다.

이미 일어난 일을 두고 가슴 졸일 필요는 없다.

아직 일어나지 않은 일을 두려워할 필요도 없다.

결국 두려움도 선택이 아닐까?

정신을 차리고 다시 길을 나선다.

아이슬란드의 자연은 쉽게 길을 내어주지 않았지만,

나 또한 그 자연의 속살을 보기 위해 포기하지 않았다.

두려움을 버리니 아름다움 한 조각을

기필코 내 눈에 담겠다는 오기가 생긴다.

25

나는 나의 길을 가련다

나는 운명론자다.

될 일은 어떻게든 되고, 안 될 일은 뭘 해도 안 된다는 주의다.

지금까지 지나온 길의 통계치를 가늠해보면, 지금의 나는 97퍼센트의 운명과 3퍼센트의 의지로 만들어진 것 같다. 대부분은 운명적으로 결정되어 있고, 그 가운데 아주 일부를 내가 어떻게 하느냐에 따라 취할 수 있다고 생각한다. 그러니 세상사 대부분이 내 마음대로 되지 않고, 내가 의지를 발휘해 해낼 수 있는 것은 고작 3퍼센트 정도일 테지만 그래도 괜찮다. 그 정도라도 뭐든 시도해볼 여력은 주어진 셈이니까.

미국 모뉴먼트 밸리 여행도 3퍼센트의 내 의지로 시작됐다.

"난 많이 지쳤어요. 이제 집에 가야겠어요."

3년 2개월을 넘게 달리던 포레스트 검프의 말….

영화 〈포레스트 검프〉에서 그가 달리기를 멈추었던 그곳이 보고 싶었기 때문이다.

모뉴먼트 밸리, 포레스트 검프 힐

길게 뻗은 도로의 앞인지 뒤인지 모를 곳에 기괴한 바위들이 펼쳐져 있다. 모뉴먼트 밸리의 포레스트 검프 힐(Forrest Gump Hill, GPS좌표:37.102726,-109.989243)이다.

스치는 바람과 계곡에 내리쬐는 햇빛, 그리고 간간이 서 있는 기괴한 바위뿐인 이곳은 나바호 인디언 보호구역, 정확히는 나바호 자치국이다.

나바호 자치국은 애리조나, 유타, 뉴멕시코 주에 걸쳐 위치한 미국에서 가장 큰 원주민 보호구역이다.

터전을 잃고 뉴멕시코로 강제 이주를 당한 아픔도 있었지만, 인디언들은 기어코 다시 돌아와 그들만의 자치구역을 만들었다.

새로운 문명이 운명처럼 그들의 삶을 짓밟았지만, 그들의 의지마저 꺾지는 못한 셈이다.

그들의 지난한 역사가 바위에 새겨져 있기라도 한 듯, 바위를 찬찬히 쓸어내려본다.

좌절의 시간이 다가올 때면 '운명도 강력한 의지는 꺾을 수 없다'며 이를 앙다물었었다.

그러나 그 순간에도 순리대로 일을 처리해야 하며, 강력한 의지로 밀고 나간다고 해도 잘되지 않을 수 있음을 받아들여야 한다고 마음을 다잡았다.

최선을 다했는데도 안 되는 일이 있음을 받아들이지 못하면 더 이상 앞으로 나아갈 수 없기 때문이다. 넘어진 것을 인정해야 다시 일어나 걸을 수 있다.

모뉴먼트 밸리

운명처럼 세계일주를 꿈꿨고, 세상에 가보고 싶은 곳을 3퍼센트의 의지로 모두 가봤다.

꿈을 이뤘으니 이제는 덤으로 사는 인생이다. '얼마나 더 살 수 있느냐?'는 운명으로 돌리고 거기에 연연하지 않는다. 나는 또다시 나의 길을 가기 시작했기 때문이다.

모뉴먼트 밸리의 인디언 다바호족의 이야기를 가슴에 품고 말이다.

> 당신이 세상에 태어날 때 당신은 울었지만 세상은 기뻐했으니,
> 당신이 죽을 때 세상은 울어도 당신은 기뻐할 수 있는 삶을 사세요.
> – 인디언 나바호족 격언

4장

행복

26

케이프타운의 천사

여행지에 대해 아무리 공부를 많이 해도 도착하는 순간 무용지물이 되고 마는 경우가 있다. 그래서 약간의 가이드라인만 세워두고 현지에서 바로바로 검색해서 정보를 알아내는 편이 훨씬 더 나을 때가 많다. 나의 여행은 대체로 이런 식으로 이뤄졌다.

남아프리카 공화국의 입법수도인 케이프타운은 유럽인이 죽기 전에 가봐야 할 곳 1위로 뽑을 정도로 아름다운 도시다.

요하네스버그에서 야간버스를 타고 케이프타운에 도착했다.

버스 터미널은 질서정연하고 깨끗해서 한눈에도 안전해 보였다.

케이프타운 시내 어디에서나 보이는 테이블 마운틴이 내가 가야 할 목적지다.

테이블 마운틴

케이프타운 거리는 옛날 빅토리아풍의 건물과 현대 건물이 조화를 이루고 있어 유럽의 휴양도시를 연상시킨다.

숙소에서 나와 동네를 산책하며 천천히 걷고 있는데 얼마 지나지 않아 동네가 끝나고 산 밑 작은 숲이 나온다.

이곳만 지나면 곧바로 테이블 마운틴으로 갈 수 있을 것 같아 현지 백인 여성에게 길을 물었다. 그런데 웃음을 띠고 있던 여인의 얼굴색이 순식간에 흐려지는 듯하더니 숲의 샛길은 '지름길이 맞기는 하지만 위험하다'며 큰길로 돌아가라고 조언했다.

하지만 나는 목적지에 어서 다다르고 싶은 마음뿐이었기에 돌아가지 않겠다고 하고 계속 길을 물었다. 그러자 여인은 집에 있는 자기 차를 가지고 와서 케이블카를 타는 곳까지 태워다주겠다고 했다.

그녀의 고집이 이해가 되지 않기도 하고, 그렇게까지 하겠다는 것도 불편한 마음이 들어 하는 수 없이 큰길로 돌아가겠다고 내키지 않는 대답을 해버렸다.

그제야 그녀는 얼굴이 환해지더니 돌아가는 길을 친절하고 자세히 알려주기 시작했다. 자신이 알려준 골목길에 접어들 때까지 그녀는 그 자리에 서서 내게 손을 흔들었다. 나도 손을 마주 흔들며 친절한 주민인지 고집불통인지 모를 그녀에게 화답했다.

그런데 골목길에 들어서자 좀 전과는 확연히 다른 분위기가 느껴졌다. 집집마다 전기펜스를 두른 담장이 보였다. 다른 곳에는 없던 주택 경비원이 골목길을 지키고 서 있는데 그 포스가 자못 엄숙하기까지 했다. 내가 당황해하는 기색을 느꼈는지 흑인 경비원은 나를 향해 미소를 지으며 다가와서는 내가 가려고 하는 길을 안내해줬다.

그제야 상황이 파악됐다.

백인 여성을 만났던 그 지점이 바로 위험지역으로 넘어가는 경계점이었던 것이다.

왜 돌아가라고 했는지 당시로선 이해가 가지 않았지만, 그녀의 고집이 없었다면 나는 또다시 위험에 노출될 뻔했다.

알고 보니, 케이프타운의 강력사건 범죄율은 요하네스버그보다 더 높다고 한다.

남아공 자체가 강력범죄로 악명 높아서 거주할 집을 알아보러 다닐 때는 안전상 전기펜스 설치 유무를 꼭 점검해야 한단다.

이러니 세상일은 겉모습만 보고는 알 수 없다고 하나 보다.

테이블 마운틴 정상에서 내려다본 케이프타운

무사히 케이블카를 타고 테이블 마운틴 정상에 도착했다.

산 위에서 내려다보는 케이프타운 시내는 산에 둘러싸인 아늑한 항구다.

저렇게 평화로워 보이는데 내가 모르는 어두운 면이 존재한다니 새삼 안타깝게 느껴졌다.

27

당신들 덕분입니다

남아프리카 공화국 여행을 마치고 호주 퍼스로 향했다. 케이프타운에서 퍼스로 가는 직항이 없어 카타르 도하를 경유해야 하는데 대기 시간이 제법 길었다.

오전에 도착해 다음 날 오후 출발이었기에 하루 일정으로 도하를 둘러보기로 했다. 생각지도 않았던 여행이 또 시작된 것이다.

카타르는 진주를 생산하던 조그마한 어촌 국가였지만, 석유와 천연가스가 발견된 후 부자 나라로 변모했다. 사우디아라비아와의 단교를 선언하는 자신감과 나라의 부를 국민에게 복지혜택으로 안겨주는 행보가 멋진 나라다.

석유와 천연가스의 나라, 카타르

카타르 하마드 국제공항에 도착하자 토브(Thobe)와 아바야(Abaya) 차림의 사람들(중동 국가에서 입는 얼굴과 손발을 제외한 전신을 가리는 복장으로 남자는 토브를, 여자는 아바야를 입는다)과 예사롭지 않은 사막의 열기가 중동지역에 왔음을 실감나게 했다.

산유국답게 공항에서도 공항버스에서도 에어컨이 매우 잘 가동되어 상쾌한 느낌을 준다.

숨 막힐 것 같은 중동의 더위에도 도하 시내의 광장 한편에서는 우리나라의 판소리 같은 카타르 전통공연이 한창이다. 관광객과 중동 전통복장을 입은 사람들이 어우러져 공연을 즐기고, 노천카페에서는 즐거운 웃음소리가 끊이지 않는다.

단단이 매었던 신발끈을 잠시 느슨하게 풀어둔 기분이다.

어둠이 내리기 시작하면 은은했던 향신료 냄새가 짙어지고 회백색 건물에 노란 조명이 켜진다. 사람들의 웃음소리와 아랍어가 어우러져 마치 영화 〈아라비안나이트〉의 한 장면 속에 들어와 있는 듯 몽환적인 기분에 한껏 들뜬다.

여명이 밝아오는 도하 시내

깜빡 졸았다고 느끼는 순간, 텅 빈 광장에 여명이 밝아오기 시작한다.

광장에 북적였던 관광객들과 토브를 입은 사람들은 사라지고, 초록색 제복을 입은 사람들이 나타나기 시작한다. 마치 오페라의 무대가 바뀌면서 등장인물들이 새롭게 등장하는 듯하다. 그들은 잔디에 물을 주고, 거리를 청소하고, 공공시설물을 쓸고 닦는다. 일순간 거리가 말끔하게 정리되면서 그렇게 도하의 새로운 하루가 산뜻하게 시작된다.

각자의 위치에서 제 역할을 다하는 사회는 참 아름답다. 크고 작은 부분이 제 기능을 다할 때, 전체적인 시스템이 순조롭게 작동한다. 작은 부분 하나라도 제대로 작동하지 않으면 큰 불편을 겪어야 한다. 아니, 바꿔 말하면 불편함을 느껴야 비로소 어느 부분이 제대로 작동하지 않고 있음을 알게 되고 그제야 고마움을 느끼게 되는 것 같다.

카타르에서 시작하는 하루가 조용히 나를 되돌아보게 한다.

나는 누군가에게 보탬이 되는 삶을 살아가고 있는지 말이다.

28

색감의 조화

첫눈에 반하는 순간, 몸에 전율이 흐르고 동공이 커지며 가슴이 두 근거린다. 심장박동 소리가 어찌나 큰지 주위 사람 모두에게 들릴 정도 다. 시선은 한곳에 고정되어 영화처럼 클로즈업되고, 주변은 흐릿하게 포커스아웃된다.

사랑의 이끌림은 내 의지대로 되는 것이 아니다.

영국 업튼 하우스에서 만난 연분홍 튤립

영국 업튼 하우스(Upton House, GPS좌표: 52.109955,-1.461698)는 원래 석유회사 셸(Shell) 의 공동창업자 소유였는데 집과 정원, 미술품 컬렉션을 많은 사람이 즐길 수 있도록 내셔널 트러스트에 기증했다.

예술에 관심이 많았었는지 엘 그레코와 고야의 작품 등이 전시돼 있어 마치 미술관에 온 느낌이다.

업튼 하우스의 백미, 정원으로 가기 위해 모퉁이를 도는 순간 수십 송이 연분홍색 튤립 이 눈길을 사로잡는다.

사랑하는 연인을 본 듯 매혹적인 연분홍 튤립을 보며 황홀경에 빠져든다. 주황색 벽과 몇 송이 노란 튤립이 대비돼 분홍색이 돋보이 는 걸까? 아니면 하얀색 문과 노랑이 대비되어 연분홍색이 더 매혹적으로 보이는 걸까?

핑크빛 꽃을 보면서 가슴 뛰는 행복을 맛 본다.

영국 중부에 위치한 칼크 수도원(Galke Abbey, GPS좌표 :52.799861, -1.455959)에서 난 또 다른 사랑을 시작한다.

빨간 튤립과 연보라색 물망초의 조화에 숨이 멎는다.

빨강색 주변의 연보라 덕분에 빨간 튤립은 더 크게 확장돼 번져 보이고, 연보라색 꽃밭은 마치 양탄자 같다. 물과 기름처럼 어울리지 않을 것 같은 두 가지 색의 꽃이 아름답게 조화를 이루고 있다. 초록색 꽃대는 눈에 띄지 않고 커다란 붉은 꽃만이 공중에 떠 있는 듯한 착시가 일어난다.

주위를 둘러본다. 배경을 이루는 붉은 이층 벽돌집과 왼편 벽을 덮고 있는 등나무의 연녹색 이파리와 연분홍 꽃이 빨간 튤립과 연보라 물망초를 더 돋보이게 하는 걸까?

영국 칼크 수도원에서 만난 진분홍과 연보라

버터미어 호수(Buttermere Lake, GPS좌표: 54.531539,-3.263995)의 봄 날은 푸르고 파랗다.

하늘은 높고 푸르고, 호수의 물빛은 하늘을 품어서인지 더 파랗게 보인다.

가시금작화의 노란 병아리색은 멀리서도 눈에 확 들어온다. 햇빛을 받으면 눈부시게 밝은 노랑으로 빛나고, 가까이서 보면 진노랑으로도 보인다. 세상을 향하여 보란 듯이 밝은 미소를 띠고 있다.

파란 호수 빛이 가시금작화의 노란색과 어우러지는 사이, 푸른 산과 초원은 조연이 되어 아름다운 한 폭의 그림을 완성한다.

영국 버터미어 호수에서 만난 노랑과 파랑

한 가지 색 그 자체만으로는 아름답다고 평가할 수 없다. 언제 어느 곳에 위치하느냐에 따라서 아름답게 돋보이기도 하고, 주변에 묻혀 눈에 띄지 않기도 한다.

사람들도 저마다 자기만의 색깔을 가지고 있다. 한때는 내가 주인공이 되어 세상의 주목을 받기도 하고, 어느 때는 조연이 되어 남을 돋보이게 하는 배경이 돼주기도 한다. 그것이 세상살이다.

서로 다른 색깔의 사람들이 만나 조화를 이뤄나갈 때 비로소 가슴 뛰는 아름다움이 완성된다.

29

나만의 시간

불현듯 나만의 시간을 갖고 싶을 때는 안식처가 간절해진다.

숲길 너머로 사슴이 노닐고, 초록색 향연 속에 연보랏빛 블루벨 꽃이 흐드러지게 피어 한 폭의 수채화가 되는 곳, 영국의 레이크 디스트릭트다.

레이크 디스트릭트는 여름철에도 덥지 않고 자주 이슬비가 내린다.

푸른 잔디가 파릇파릇 돋아 올라오고 나뭇잎도 봄의 새순을 싹틔우고 있어 온통 초록 세상이다.

나무줄기도 이끼에 덮여 있고 물웅덩이도 녹색이다. 하지만 녹색이라고 해도 다 같은 녹색이 아니다. 새로 피어나는 어린 나뭇잎은 연두색이고, 주목은 짙은 녹색이며, 이끼는 빛나는 녹색이다. 풍부한 색채를 가진 다양한 초록을 감상하다 보면 절로 행복이 피어난다.

영국 레이크 디스트릭트

호숫가 산책로를 걸으면 잔잔한 물결에 마음이 여유로워진다.

부드러운 바람에 살랑거리는 나뭇잎들이 나에게 말을 걸어와 정답

게 마음의 대화를 나눈다. 천천히 걷다 보면 보이지 않던 것들이 하나둘

눈에 들어오는데 마치 새로운 친구를 사귀는 기분이다.

영국 레이크 디스트릭트

앰블사이드에 위치한 호텔에서 출발해 뤼달 로드를 거쳐 그래스미어 호수를 한 바퀴 도는 산책길에서 맛보는 생강빵은 빼놓을 수 없는 즐거움이다. 산책을 하며 나만의 시간을 갖는다.

나만의 시간을 갖는다는 것은 일상의 쉼표다.

삶은 누군가와 부대끼는 것이고, 관계에서는 여러 가지 일이 파생되기 마련이다.

그것이 반복돼 쌓이다 보면 곪기 마련이고 결국 터질 것은 언제고 터지고야 만다.

그곳이 어디든, 무엇을 하든, 잠시 쉬어가야 한다.

그래야 내일을 건강하게 만날 수 있다.

쉼표는 결코 마침표가 아니다.

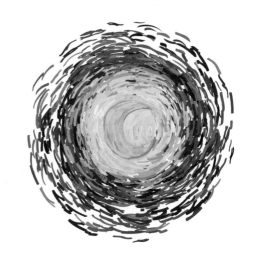

30

절대적 · 상대적인 것에 관하여

여행의 즐거움 중 하나는 세계 각국의 여행자들과 만나고 대화할 수 있다는 것이다.

다양한 연령대와 성별, 가치관도 각양각색인 여행자들과의 대화는 내게 많은 화두를 던진다.

루마니아 제2의 도시 티미쇼아라 여행길에서 네덜란드 로테르담에서 혼자 여행을 왔다는 중년 여성을 만났다. 공무원인 그녀는 휴가를 이용해 여행을 왔다고 했다.

내가 '은퇴를 하고 세계여행을 하고 있다'고 하자 그녀는 자신의 아버지 이야기를 시작했다.

아버지의 꿈은 정년퇴직 후에 캠핑카를 타고 유럽 여행을 하는 것이었는데, 정년을 2년 앞둔 63세에 병을 얻었다고 한다. 그녀의 아버지는 "가슴이 뜨거울 때, 하고 싶은 것을 하라"는 유언을 남기고 세상을 떠났다고 한다. 세상을 떠난 그리운 아버지의 유언을 따라 살고 있다는 그녀의 이야기는 많은 생각을 하게 했다.

루마니아, 티미쇼아라

늙어간다는 것에 대해, 꿈을 이루는 것에 대해 생각해본다.

젊을 때는 돈이 없고, 늙어서는 건강이 없다.

도대체 언제 하고 싶은 일을 해야 맞는 걸까.

어쩌면 하고 싶은 일을 한다는 건

나이와는 상관없는 일인 듯하다.

다만 그때, 그 나이에 맞게 가슴이 뜨거워지는 일이 있을 뿐.

'가슴이 뜨거울 때, 하고 싶은 것을 하라.'

내게는 '미루지 말고 조금 부족하더라도 지금 시작해보라'는 의미로 다가온다.

자연의 광활함과 아름다움, 곳곳에서 마주친 여행자들의 미소와 현지인들의 친절을 추억하자니 아직 가보지 못한 곳에 대한 열망이 꿈틀거린다.

가슴이 뜨거울 때 떠나야 하는 이유다.

31

미소 속에 비친
배려

여행자에게 있어서 가장 큰 덕목은 미소다.

미소를 짓는다는 것은 여행자 자신의 마음이 편안하고 다른 사람들을 배려한다는 뜻이다.

사람들에게 마음을 여는 것이 곧 모든 것의 시작이다.

> 당신이 웃어준다면 그 웃음은 결국 다시 당신에게 돌아올 것이다.
>
> — 인디언 속담

아프리카 케냐 원주민

세계여행가 김찬삼 선생은 여행에서 가장 중요한 것은 미소라고
했다.

50여 년 전에 아프리카 오지를 여행할 때 창과 방패로 무장한 원주
민들에게 포위돼 죽을 처지에 놓였던 그가 언어가 통하지 않아서 어떻
게 해볼 도리가 없는 상황에서도 선한 미소를 지어 보이자 원주민들도
환하게 웃으며 그를 손님으로 따뜻하게 맞아주었다고 한다.

단지 미소를 지었을 뿐인데, 서로 마음이 통하고 신뢰할 수 있는 관
계가 형성된다는 사실이 참으로 신기하다.

세계여행을 다니다 보면 수시로 낯선 이에게 길을 물을 일이 생긴
다. 대부분 말을 걸어오는 여행객에게 답을 해주지만, 피부색도 다르고
현지어도 능숙치 않은 외국인이 다가오면 경계를 하기 마련이다.

그럴 때 미소만 한 특효약이 없다. 미소 하나로 경계 가득했던 마음
이 풀어지고, 우리는 길 위의 친구가 될 수도 있다.

슬로바키아 코시체 시내 벤치에 앉아 있는데, 열 살 정도의 소녀가
눈에 들어왔다. 자전거를 힘겹게 끌고 오는데 표정이 제법 심각했다.
격려의 의미로 그 꼬마에게 환한 미소를 지어줬더니 그 아이도 내게 예
쁜 미소로 화답해줬다. 그 미소가 얼마나 아름다웠던지 지금도 눈에 선
하다.

영국에서 만난 미소

서양 사람들에게는 타고난 미소가 있다. 양쪽 입꼬리만 살짝 올려도 환하게 미소 짓는 표정이 된다. 나도 따라서 그렇게 해보려 했지만 어색한 표정만 나오고 만다. 내 미소가 상대방에게 거부당하면 어쩌나 하는 부담감이 오히려 어색함을 부추기는 것인지도 모르겠다.

소녀에게 지어 보인 내 미소가 어떠했는지는 거기에 화답한 아이만 알리라.

그때의 기억을 무기 삼아 부담감을 잊고 밝은 표정으로 여행자들에게 인사를 건넨다. 이내 그들도 대부분 미소로 답해준다.

미소는 사람 마음에 들어 있는 평화를 표현하는 또 다른 언어 아닐까. 모든 언어를 초월하는….

32

죽은 영혼들의
세계를 거닐다

가랑비로 축축하게 젖은 앰블사이드의 길을 걷다 보니 초록 자연과 옛 건물에 가랑비가 더해져 운치 있는 모습이 한층 돋보인다.

멀리 검정 우산 무리의 움직임 속에서 나풀거리는 노랑 우산에 이끌려 걷다 보니 공동묘지 앞이다.

무채색이 지배하는 묘지를 방문할 때면 항상 경건해진다.

누군가의 가족이 묻힌 흔적을 군더더기 없는 덤덤한 마음으로 바라본다.

모든 것을 남겨놓고 땅 아래 묻힌 그 누군가는 흙으로 돌아가 무덤조차 텅 비었을 것이다. 누군가에게는 언젠가 다가올 두려움으로, 또 누군가에게는 죽은 이와의 추억으로 이어지는 공간. 이곳에 남은 건 시간의 웅장함뿐이다.

묘비에 새겨진 글을 찬찬히 들여다보며 언젠가 한 번은 마주해야 할 죽은 영혼들의 세계를 거닐어본다. 살아 움직이는 생명체는 보이지 않고 오로지 나만이 덩그러니 죽음의 세계에 들어와 있는 듯하다.

영국 앰블사이드에서 만난 노란 우산

영국 앰블사이드, 무덤 앞에 놓인 꽃

'Dixon. 1965년 사망. 향년 65세.'

생면부지의 영국인 '딕슨', 꽃의 주인공이다.

오랫동안 그리고 앞으로도, 서두르지 않고 느릿하게 흐를 이 묘지의 시간 속 딕슨이 나를 부른다.

생화가 아닌 조화였기에 그를 찾은 사람이 언제 다녀갔는지 가늠하기는 어렵다.

가족과 지인 외에 누구도 눈길 한번 주지 않고 무심히 지나쳤을 무덤 앞에서 지독한 외로움이 밀려온다.

죽은 사람은 이제 없고 그렇기에 모두가 제 갈 길을 간다. 누군가의 죽음은 그런 것이다.

딕슨의 외로움을 가늠하며 나의 삶을 돌아본다.

25년간의 학창시절, 25년간의 직장생활, 그리고 50세 조기은퇴 후의 생활로 내 인생을 요약할 수 있을 것이다.

평생의 꿈이었던 세계여행을 위해 조기은퇴를 준비했고 평안한 가정과 경제력 그리고 건강이라는 안정적 여건을 갖추기 위해 꾸준히 준비하고 노력해왔다. 드디어 자유의 몸이 되어 5년 동안 100여 개국을 여행했고, 13만 킬로미터를 운전했다. 위험한 순간이 수도 없이 많았지만 별 탈 없이 잘 헤쳐나왔다. 그렇게 일평생 꿈꾸고 소망하던 세상 곳곳을 두루 돌아다녔다.

만일 누군가 다시 청춘으로 돌아가고 싶냐고 묻는다면 나는 단호하게 대답할 것이다. '아니요'라고. 나는 지금 참으로 행복하다.

딕슨의 묘비에서 눈을 떼고 주변을 둘러본다.

죽음과 이어진 무덤을 벌써부터 두려워할 이유는 없다.

수많은 이유를 빌미로 나를 가두는 무덤이 더 무서운 법이니.

33

독서가 나를 성장시켰고,
여행이 나를 완성시켰다

노르웨이 송네피오르 근처에 위치한 문달(Mundal, GPS좌표: 61.401682,6.738664)은 책 마을로 불린다.

유명 관광지도 아니고, 인터넷에서 얻을 수 있는 정보도 빈약한 편이어서 그야말로 아는 사람만 찾아오는 곳이다.

주민이 300여 명 정도인 작은 마을이지만, 무려 15만 권에 달하는 책을 소장하고 있다. 대형서점이 위풍당당하게 들어서 있는 것이 아니라 마을 전체가 하나의 서점이다.

아기자기한 목조주택의 차고를 개조하거나, 주택 벽에 무심히 책장을 두기도 하고, 작은 목조주택 전체에 손때 묻은 책을 진열해둔 곳도 있다.

책을 좋아하는 내게 문달은 운명과 같은 여행지다.

문달 마을

산책하듯이 여유롭게 거닐며 책 마을을 둘러보다 하얀 책장을 보는 순간, 얼어붙고 말았다.

'안녕?'

자연의 일부가 된 책장이 내게 인사를 건넨다.
심장이 제멋대로 두근거려서 아무 말도 할 수 없다.
그러자 책장이 다시 이야기를 한다.

'여기에 앉아봐, 너의 이야기를 볼 수 있게.'

그렇게 책장 옆 벤치에 앉아 나도 자연의 일부가 된다.

문달, 내게 말을 건 책장 앞에서

초등학교 시절 읽었던 《김찬삼의 세계여행》은 내게 세계여행을 꿈꾸게 했다.

대학생이 되면 세계여행을 할 수 있으리라 생각했지만, 당시 우리나라는 외화가 부족해서 특수한 경우를 제외하고는 해외여행이 불가능했다.

취업을 하면 가능할 줄 알았지만, 토요일도 근무해야 했던 그 시절에 해외여행은 꿈같은 얘기였다.

세계여행에 대한 갈증은 역사책과 여행기를 탐독하게 했고, 외국어 공부에 매진하게 했다.

'1년에 200권 읽기'에 도전한 결과 5년 만에 1,000권의 책을 독파했고, 역사와 지리 등 인문학에 눈이 틔자 세상 돌아가는 이치가 조금씩 눈에 들어오기 시작했다.

세상을 보는 안목이 높아지면서 직장생활도 술술 잘 풀렸고, 작심했던 50세 조기은퇴를 맞이할 수 있었다.

독서가 나를 성장시킨 것이다.

그동안의 일상은 무엇이든 잘 먹고, 어디서든 잘 잘 수 있는, 준비된 여행자가 되기 위한 시간이었다.

'50세 조기은퇴'라는 작심 역시 오지를 탐험할 수 있는 체력이 필요했기 때문이었다.

마침내 나는 나를 성장시킨 지식을 무기로, 준비된 여행자의 몸으로 세계여행을 떠났다.

모든 것이 낯설고 부족한 타지에서 매 순간 생겨나는 문제를 해결하며, 가보고 싶은 곳을 두루 다녀왔다.

활자로 유영하던 세계가 여행을 통해 다시 가슴으로 진하게 느껴졌다.

그렇게 여행은 나를 완성시켰다.

여행은 사람을 완성시킨다.

거기서 죽어도 좋았다

초판 1쇄 인쇄 2021년 1월 22일
초판 1쇄 발행 2021년 2월 3일

지은이	조양곤
펴낸곳	스노우폭스북스
편집인	서진
책임편집	편집부
편집진행	성주영
마케팅	구본건 김정현
영업	이동진
디자인	강희연
주소	경기도 파주시 광인사길 209, 202호
대표번호	031-927-9965
팩스	070-7589-0721
전자우편	edit@sfbooks.co.kr
출판신고	2015년 8월 7일 제406-2015-000159
ISBN	979-11-88331-91-8 03810